Presque Îlien

Image de couverture : photomontage
d'après une peinture de Jean Simone : *Leskon Ile*.

ISBN versions numériques : 979-10-219-0315-9
ISBN version imprimée : 979-10-219-0314-2

Benoît Saudeau

Presque Îlien

Il me faut à tout prix retarder la fin de ce foutu vol. Vital. Comme les squales du Grand Océan dont pourtant tout me sépare, je ne suis bien qu'en mouvement. Dans un avion, un galop, une dialectique, un bateau, un doute, une passion. La position « stop » m'a toujours rendu l'existence impossible. À croire qu'en changeant de latitudes à un rythme anormalement élevé depuis tant d'années, je ne voulais pas laisser aux remords le temps de s'installer. D'ailleurs, en aurais-je eu suffisamment ? Ou d'assez forts pour bousculer tous ces bonheurs accumulés et asphyxier la vie qui en avait fait sa pelote ? Ou était ce la crainte de rater d'autres vies en n'en vivant qu'une seule, de m'enfermer dans un cocon si serré qu'il empêche le cœur de battre ?

Pour revoir Marie, je referai le voyage entre Paris et l'Île, avec ces moments magiques où, tout étourdi de son apnée nocturne, l'avion se précipite dans les bras du jour qui pointe sur l'horizon du côté de Pékin. Les dégradés de gris, de mauve, d'indigo et finalement de bleu qui préviennent que l'Orient est bien à portée d'aile. Quand le soleil se lève à 1018 kilomètres heure au-dessus de la mer Jaune. Pas vraiment jaune, d'ailleurs, plutôt violette, comme le papier crépon des crèches de mon enfance. Les adrets et les ubacs se la jouent art abstrait sur les montagnes désertes, patchwork anguleux d'une couturière fileuse de brume qui n'aurait mis dans sa boîte à malices que des pelotes vert bronze, marron et noir.

L'approche finale. Volets en bataille, comme des ergots bandés le long des ailes, le Triple 7 est suspendu dans la nuit au-dessus des bretelles d'autoroute menant à Paris. Bien droites d'abord pour tromper leur monde, puis tricotées en mailles inégales, pour dire que rien ne sera simple quand le jour sera levé.

Un grondement sourd, puis la plainte grinçante des roues sorties du ventre de l'avion qu'on présente au tarmac. Long vol plané au-dessus des pistes. Contact.

Et les balises bleues s'égrenant en chapelet, invisibles tout à l'heure, mais si obsédantes maintenant que, dans un gémissement ultime, l'avion a bloqué ses freins, se balançant encore quelques instants, comme s'il rechignait à accepter la fin du voyage.

J'étais, cette année-là, en passe de sortir de la Grande École qui accouchait des futurs serviteurs de la République. Bien que laborieuse et somme toute assez classique dans un cursus obligatoire, cette ultime année d'études me donnait surtout le temps de m'extirper d'une adolescence s'étirant comme un délicieux *cocooning* dans le giron douillet des idées toutes faites. Mais, redoutant par avance le portrait tristounet qu'on ferait un jour de moi dans l'annuaire des anciens élèves, j'avais pris le soin de pimenter cette période de fin d'études en disant mon souhait de partir, pour un temps, loin des rivages convenus d'un Hexagone qui me semblait déjà bien petit. Ce que je m'empressais d'analyser hardiment comme une aversion secrète pour une carrière prédécoupée dans le maquis exigu et petit-bourgeois des avancements, des promotions et des notations administratives.

Dans la plus pure tradition coloniale — malgré l'âge largement avancé du siècle —, la France imposait ainsi à ses futurs cadres un dégrossissement final avant l'entrée en fanfare dans la carrière, un passage au tamis de la vraie vie, un dernier rinçage façon «fines de claire» dans l'embouchure du Belon. Le hasard, les amitiés ou le goût de chacun dirigeaient alors nos nuques raides vers les campagnes à comices, les steppes urbaines ou les terres coralliennes de l'autre bout du monde. Après des années de pénitence dans une sous-direction de cabinet, un bureau de liaison ou même la soupente à œil de bœuf d'un ministère, les mieux cornaqués, parfois même les plus qualifiés, pouvaient revenir au hasard de leur carrière vers ces terres bénies du ciel avec l'aplomb de ceux qui savaient.

Pendant un an, j'ai donc été celui que, dans les salons de l'Île, on appelait «le stagiaire de la Résidence», acoquiné pour un bail à durée déterminée avec cette engeance qui fleurissait après la saison des concours, étrennant par avance mon futur diplôme auprès du représentant de l'État dans cette contrée des antipodes. Dans l'Île, on l'appelait «le Résident».

Combien la France en a-t-elle envoyé «outre-mer», de ces héros de roman au col empesé, de ces marins d'opérette partant sur d'improbables goélettes amodier l'Empire à coup de pacotilles? Et de ces soldats rigides, émissaires tricolores d'une patrie lointaine sur laquelle allaient se cristalliser toutes les peurs de ce qu'on ne connaît pas? Je faisais bel et bien partie de ces échantillons labellisés France, bien propres sur eux, moulés au creux de l'épure républicaine. Mais, contrairement à beaucoup de mes condisciples, je n'avais aucun désir de conquête. Je manifestais plutôt une belle curiosité, assortie d'une farouche volonté d'imprégnation. Je ne parle pas d'assimilation : on naît tous quelque part et une seule fois. Et je ne suis pas né dans l'Île. Inutile de me raconter des histoires.

Très vite, on avait admis que j'étais effectivement formaté pour la fonction. Mais personne n'était encore averti de ce codicille confidentiel que j'avais ajouté en bas de mon contrat : j'étais amoureux des grands espaces plus que des ors lambrissés, et des humains bien vivants plus que des procédures alambiquées et des formulaires préimprimés. Me restait seulement à limiter les probables dégâts que tant d'illusions allaient provoquer.

Dès mon atterrissage dans l'Île, j'avais été chaleureusement accueilli. Si l'on avait joué le bal du Gouverneur, j'aurais dit : « adopté par la Colonie ». Mais ce temps était heureusement lointain et c'est bien une *terra cognita* de la République moderne qui me faisait les honneurs. J'avais été, pendant quelques jours, la curiosité du moment, mais n'en avais tiré aucune gloire. Dans sa grande sagesse, le Résident m'avait prévenu : on voulait seulement savoir qui était le nouveau stagiaire. Ce happening, que j'avais décrété sans enjeu véritable, sauf mondain, faisait partie d'une chronique convenue à l'avance. Il revenait comme le marronnier des échotiers.

C'est ainsi que, dès mon arrivée, je fus convié à partager quelques agapes avec la bonne société Îlienne qui, joueuse et curieuse, pas imperméable à la nouveauté, devait décider si elle allait ou non s'enticher du nouvel arrivant, l'adopter ou le démasquer, un peu à la manière des familles polynésiennes des gravures anciennes accueillant le navigateur étranger qui garantirait le renouvellement des lignées avant de reprendre la mer et de disparaître pour toujours. À moi de trouver la bonne distance, ni complice ni Grande École, et d'éviter de dire le moindre mal de quiconque puisque, à la mode de nos campagnes, chacun étant cousin de chacun, les commentaires iraient à la vitesse des alizés nourrir la chronique insatiable de la Capitale.

Les cénacles du pouvoir. Les avant-postes de la puissance qu'aucun manuel de science administrative n'a une seule fois décrits. Somptueuses soirées, tenue aérée pour les hommes, dans des maisons immaculées aux éclairages étudiés, autour des terrasses lasurées posées au bord de l'eau. Ces orchidées jaillissant par brassées entières de leurs vases de cristal et cet arbre du voyageur planté au milieu du salon au plafond amovible. Je suis certain que quelqu'un avait pour mission de cirer ses longues feuilles en éventail chaque matin. Et l'air entendu de ces femmes aux échancrures griffées « Air de Paris » qui se confiaient dans mon dos :

— N'ayez crainte, chère amie, il est des nôtres.

Avant même de savoir à qui j'étais censé appartenir, mon clan m'avait intronisé. J'allais devoir apprendre rapidement les codes de cette société et franchir le cap du QCM crucial pour ma propre survie. Le cru du jour — moi, en l'occurrence — aurait-il plutôt la rondeur ou la longueur des stagiaires des années précédentes ?

— Mais si, souvenez-vous, celui de l'an dernier, un peu fort, rubicond dès qu'on lui adressait la parole, peut-être même puceau. Il arrivait systématiquement en avance à nos dîners. Sympathique, bien élevé, jovial même. Mais ses chemises ! Trop ajustées pour les soirs de grosse chaleur, si vous me comprenez. Ou de cet autre apprenti-Résident qui avait fait chavirer les cœurs de ces dames et, dit-on, de ces messieurs aussi ? Bellâtre. Un peu sainte-nitouche. Mais tant de promesses dans le regard, vous le remettez ?

— Non, mon dîner était tombé à l'eau, je ne l'ai jamais revu.

— Et l'homme à la chevalière armoriée ? Je l'ai ferré au premier *after*, sur le bateau de mon mari. Oui, la grande tradition du Quai. Très romantique, toujours la mèche en bataille et les pieds nus dans des Todd's méticuleusement avachies, très *casual*, sans doute des éditions limitées. Il est ambassadeur aujourd'hui. Non, j'ignore dans quelle capitale. Mais, du sang bleu sur l'Île !

— Et vous souvenez-vous de cette toute jeune fonctionnaire, dans les années tant, avec ses robes à volants vichy d'étudiante américaine et ses mises en plis sixties ? Craquante. Bûcheuse. Brillante aussi. Faite à la force du poignet, disait-on. Famille modeste, boursière même. Et tellement assidue ! Sa liaison avec le Résident d'alors n'a jamais été un mystère. Non, la Résidente n'avait rien dit. La sublime Sapho voyageait beaucoup. Mais ils étaient restés d'une telle dignité quand ils avaient fait leur pot de départ dans le hall déserté de la Résidence ! Non, pas vraiment une promotion. Lui parlait plutôt de position hors cadre avant la retraite ou autre chose. Elle, un peu contrariée, boudant à l'écart.

— Et cet aventurier qui avait débarqué dans une Île conquise d'avance, sac de bord en bandoulière, beau comme un dieu avec sa barbe de trois jours ? Le Résident l'avait vite remis au pas. Oui, ma fille s'en était entichée. Moi aussi, d'ailleurs. Nous sommes à un âge où nous devons rassurer. Nous rassurer aussi. Oui, très à gauche. Mais comme le corps, il faut bien que jeunesse exulte…

Et moi ? Avais-je la tête de l'emploi ? Passe-murailles, crâne d'œuf ou Dustin Hoffman en mode *Lauréat* ?

Mon tour de taille était-il dans la norme ? Plutôt «*Alerte à Malibu* au ralenti dans le soleil couchant», ou «fromage, dessert et cigare avec le rhum vieux» ?

Oui, j'avais les yeux bleus de mes ancêtres normands.

Non, je ne portais pas de lunettes quand, un soir, la télé locale a fait une brève lors de ma présentation à la Résidence.

Oui, l'Île me semblait magnifique.

Non, Madame Rastignac, je n'ai pas dit : «à ma mesure».

Oui, je connais un peu la région. Les hasards de la vie me l'ont fait sillonner.

Étais-je marié ? Mes enfants seraient-ils scolarisés dans les quartiers sud ?

— Parce que je peux vous recommander à la directrice de l'école du Lagon. Oui, la sélection y est drastique. Comprenez-moi bien. Pas de malentendu. Nous sommes tous des Îliens. Mais, dans quelques années, ils feront leurs études en France, ils ne regretteront pas le bon départ que le Lagon leur aura fait prendre. Les premiers apprentissages, c'est tellement important pour les enfants. Les miens ont fait Janson. Ils reviennent chaque été. Je vous les présenterai. Eux aussi ont une passion pour le cheval. Vous ne montez pas en manège ? Seulement en Brousse ? Soyez prudent. Restez sur les propriétés. Non, la situation est calme. Disons dans une quinzaine. Nous avons une terre près de l'Embouchure. Je ferai seller quelques chevaux. Mon mari sera à Paris. Ah bon, vous n'avez pas d'enfants ? Pas encore…

Des heures… Et avais-je bien les quartiers de noblesse politique que l'on disait, et de quelles enluminures mon carnet d'adresses était-il doré ?

Explication : j'étais effectivement arrivé dans le même avion que le nouveau ministre des Îles, Monsieur Deslandes, du parti de la Rose, celui qui avait tout compris de cette terre avant même d'avoir posé sa valise dans le salon d'honneur de l'aéroport où l'attendait le Tout-Île. C'était la preuve que, bien qu'incognito, le jeune stagiaire du Résident n'était pas un acteur à négliger.

Même en pleine promiscuité avec ces vérités si bien assises, je ne m'étais jamais trop bercé d'illusions. Au cours de ces premières soirées dans l'Île, j'avais effectivement fait le plein d'impressions, voire d'informations utiles pour la suite. Mais pour dire franchement les choses, malgré l'intérêt que ces dames — souvent jolies — me manifestaient à l'occasion, j'avais vite perçu la vanité — l'aspect vain   de mon état de grâce. Et le bon sens rural que mon futur métier ne pourrait estomper me soufflait que les atours prêtés aux nouveaux arrivants se transforment vite en guenilles dès qu'ils se crottent dans la poussière des grands chemins. Version îlienne du brutal principe de réalité.

Bref, je me voulais différent. Malgré mon parcours classique avare en rebondissements, malgré l'inertie qui me faisait glisser vers la haute fonction publique à la manière silencieuse d'un bateau sur son erre, je redoutais de me lier pour toujours, et sans plan B., à la planète État. L'Administration était ma nouvelle famille, elle était mon choix, arrêté depuis longtemps. En témoignaient toutes ces années d'assiduité sur les bancs de la Grande École. Et, quelles que soient les latitudes où flottaient nos trois couleurs, j'avais pour elle un profond respect. Mais je craignais secrètement d'être un jour déçu, qu'elle se transforme à mes yeux intransigeants en sanctuaire pour fonctionnaires zélés, en refuge pour missionnaires chasseurs de primes ou en cage dorée pour volatiles migrateurs. Et que dire de ceux qui, comme moi sortis de la cuisse de Marianne, s'exilaient au soleil loin des moiteurs charentaises ou des gaves pyrénéens, avion et bateau de fonction, traitement indexé et avantages en nature à la clé ? Contraint et forcé, j'étais bien le légataire d'une tradition quasi-ancestrale. Mais voilà, intrépide ou inconscient, je voulais m'appliquer à en inverser le cours. Sans cracher dans la soupe ni renier la trace que j'empruntais.

La Résidence, où l'on m'accueillit à la table familiale comme l'aîné des enfants, était située sur un promontoire dominant la ville. On l'appelait la Colline aux Balbuzards, clin d'œil très îlien à l'environnement maritime de ce rapace pêcheur et à ses habitudes de vadrouilleur invétéré. Mais, dans la sémantique locale, c'était aussi une allusion peu charitable à ce sanctuaire huppé rétif à la mixité sociale, à cette enclave aux baux avantageux pour fonctionnaires classés sans ménagement dans la catégorie « oiseaux de passage ».

Je savais cette ombre portée sur l'Île, souvent cruelle et même injuste, cette mémoire encore vive des statues cireuses de l'École Coloniale ou des vieilles familles

immuables dans leurs certitudes, celles-là même que
les amis du ministre Deslandes du parti de la Rose bro-
cardaient à longueur de discours en promettant d'accélérer l'histoire. C'est vrai : quelques vieilles engeances
hantaient encore les travées parquetées de l'Administration où le casque colonial n'était quand même
plus de mise depuis longtemps. Il arrivait même que,
convaincus d'être les seuls héritiers légitimes d'une Île
ingrate, ces antiques Courteline des Tropiques conver-
tissent quelques ronds de cuir fraîchement débarqués
et aussitôt tombés dans les rets vénéneux de la Capitale,
les « zozos » reconnaissables, en début de « séjour », à
la carnation de porcelaine de leurs jeunes enfants can-
tonnés à l'ombre des vieux citronniers de la plage de la
Baie. Mais, autant que j'aie pu en juger dès les premiers
jours, c'est une fonction publique attachée à ses missions et bien consciente de ses privilèges que dirigeait
mon Résident de patron.

Très vite, je découvris aussi qu'à l'instar du balbuzard au long cours fidèle à son nid, c'était ici, devant
les grilles emblématiques de la Résidence, que venaient
se jouer les hoquets de l'histoire, exploser les coups de
chaud de la rue et se signer dans les douleurs de l'en-
fantement les arbitrages marqués du rassurant tampon
de la République.

La belle demeure, davantage années soixante que
souvenir de feu l'Empire, ponctuait de blanc l'immense pelouse pentue plantée d'essences exotiques où,
le 14 juillet, j'allais découvrir les délices de la récep-
tion officielle, exacte réplique des fêtes républicaines
décrites dans les chroniques de la IVe République. Au
pied des flamboyants qui, en décembre, marquaient de

rouge les limites de la sphère privée du Résident, une vieille bâtisse flanquée des deux escaliers de style colonial abritait l'Administration de l'Île. Chaque matin, après sa marche solitaire le long du lagon encore désert, le Résident s'y enfermait pour lire les messages tombés pendant la nuit. Soit le jour en Europe.

Ce décalage horaire m'avait fait immédiatement forte impression : en m'éloignant de mes références hexagonales, ce grand écart géographique accentuait encore les effets de ma hardiesse supposée. La ronde inversée des pendules conférait provisoirement à toutes les décisions du Résident une autorité d'autant plus grande qu'elles ne pouvaient être validées par Paris que plusieurs heures plus tard. Le futur préfet que l'on supposait en moi en acquit la certitude que le centre des terres de France était toujours l'endroit où l'on trouvait une cocarde, qu'elle soit accrochée au fronton d'une sous-préfecture berrichonne ou au bâti fatigué d'un bois sous tôle du fleuve Maroni. Pourquoi le centre ne serait-il pas ici au seul motif que les conventions ou l'histoire en auraient décidé autrement ? L'Île est bien la preuve vivante que Paris est outre-mer. D'ailleurs, les cartes d'ici la placent en leur beau milieu, bousculant notre regard sur la représentation du monde et modelant la certitude des Îliens d'être des gens uniques.

En quelques semaines, de simple détachement, l'Île était devenue attachement ou mieux, attache. Je devais pourtant accepter une chose essentielle : on n'est Îlien que de naissance. On ne le devient pas. D'autres que moi se le sont fait dire, parfois brutalement. Même si la chronique, cette béquille de l'histoire, prête à l'occasion des bribes de particule, la noblesse qu'elle confère n'est que celle des pièces rapportées, celle dont se méfie l'aristocratie, de crainte de ne plus pouvoir les contrôler un jour. Dieu merci, au lieu de vaines particules, je n'étais bardé que d'une seule certitude qui allait me sauver la mise : rien ici ne serait simple. Le secret des Îliens était que le sûr n'était pas de leur monde. Pas de rondeurs sucrées ici. Rien que les assauts répétés de l'histoire.

Je cultivais donc le doute comme les Îliens du Nord leurs champs sacrés d'ignames et de tarots. Avec la même ferveur précise qui leur fait récolter le versant femelle des sillons avant leur côté mâle. Parce que tout vient du ventre, disaient-ils.

Cela, je l'ai vite compris. La puissance de l'Île, sa sismicité, son tellurisme, le magnétisme qu'elle exerce sur tout corps qui s'en approche. Précieuse, mais à mille lieues des manières cérébrales de ce sobriquet — Petit Paris — dont on avait affublé sa Capitale. Et puis, les sentiments s'en sont mêlés. Je voulais tout savoir d'elle. Féminine et pourtant si rustique, l'Île ne m'était pas « tombée » dessus, comme on « tombe » amoureux. Elle était montée en moi, par capillarité, en commençant par le cœur. Je découvris doucement que l'aimer, c'était m'inquiéter pour elle. Mes questions confinaient d'ailleurs à l'excès, je le reconnais à présent. Mais le jeune Phileas Fogg d'alors n'avait rien du diplomate que le Résident s'acharnait à façonner. J'estimais seulement que, quitte à exprimer les choses, qu'elles viennent au grand jour pour que soient par avance détruits les germes croupissants qui infectaient déjà les cœurs verrouillés.

Le risque que me faisait courir ce profil rétif, je l'ai vite ressenti dans les réunions de cabinet auxquelles je participais chaque matin : que valaient les préceptes de mes vieux instituteurs dans cette Île dyslexique où tout semblait éphémère? Comment l'aspirant horloger que j'étais pouvait-il avoir l'orgueil de tenir le Discours de la Méthode, version moderne de la question-bien-posée-à-moitié-résolue, alors que ce qu'on me demandait, c'était tout bonnement de préparer les ordres du jour du Conseil, de gérer le calendrier du Résident et de remplacer le patron aux conseils d'administration de l'hôpital? Aurait-on voulu faire de moi ce bellâtre frivole, ce fanfaron emplumé de convictions datées, ce Trissotin exotique, ce nigaud transpirant, cette starlette sainte-nitouche, ce Christophe Colomb de comédies musicales?

Non. Différent, ai-je dit. Parce que, figurez-vous que dans l'Île, résilience assez incroyable face à la mondialisation en marche, vivaient des Îliens. Et que l'idée de les connaître ne me paraissait pas incongrue. Ni subversive.

Moi, je voulais aller à la rencontre de leurs ombres et de leur lumière, de leurs musiques et de leurs silences. Parcourir leurs chemins creux et leurs crêtes humides. M'égarer dans leur Brousse moite et conduire mon cheval dans leurs sentiers aux galets glissants. Descendre un instant de ma selle au pommeau de cuir et attraper leurs chevrettes transparentes dans le creek tranquille au pied de la cascade. Naviguer le long de leur barrière de corail, sentir sous mes pieds la houle interminable, embouquer leurs passes bleu profond, me jouer de leurs vagues s'engouffrant dans les abysses du récif et m'abandonner au contact fabuleux de leurs plages blanches comme farine. Je voulais m'asseoir en silence dans leurs cases centenaires, n'être plus personne que celui qu'on autorise à rester là, à écouter leurs harangues en langue inconnue. Chercher à comprendre ce que signifiait «oleti», formule rituelle ponctuant collectivement la psalmodie des vieux. Mot sûrement magique puisque chacun se séparait ensuite, l'accord scellé et la parole donnée. Je voulais apprendre les chemins de leurs alliances, les mystères de leur cadastre, leur cosmogonie et la géométrie symbolique de leur espace, le nom de leurs familles et des lignages de leurs anciens. Je voulais apprendre à mener leurs troupeaux, marquer leur bétail tatoué aux initiales rougies dans la braise, pousser leurs bêtes dans le bac à tiques, refaire leurs clôtures de gaïac sous le soleil de plomb, partager leur ragoût de cerf un soir de chasse à l'arc, et sortir du four creusé dans le sable les carangues du récif et les tarots cuits à l'étouffée sur les pierres brûlantes, rangés comme à la parade dans les paniers de niau tressés par les femmes.

Bref, je désirais seulement, moi le fonctionnaire en route pour le formatage le plus contraint de l'administration française, regarder les Îliens droit dans les yeux. Bien servir la Patrie, celle des frontons des mairies et des écoles, n'était-ce pas d'abord en connaître tous ses enfants?

Mais le Résident, mon cher Résident, en vénérable ponte blanchi sous le harnais de la République, me ramenait souvent à des considérations plus en phase avec la mission sacrée qui m'était confiée : servir la France, c'étaient les chemises rouges pour les urgences, bleues pour la diffusion restreinte et noires pour les notes confidentielles. Après, on verrait. Mais après, seulement. Faites d'abord vos classes, jeune homme.

Même ma mère ne m'avait jamais parlé ainsi. Elle, c'était plutôt : fais des bêtises, fais-les toutes, mais pas en même temps. Profite.

Très vite, je fus donc contraint de ne plus en faire et, à défaut de lagon, d'aller nager à l'envers de mon histoire. En pleine comédie. Quoique chauffe le soleil et s'emballe l'histoire qui, décidément, n'était pas ici qu'un perpétuel recommencement.

Le Chef et le Leader

Dans ces années-là, les choses paraissaient encore simples : les Îliens qui n'étaient pas favorables au Chef étaient les amis du Leader. L'un et l'autre étaient Îliens, mais ils ne se parlaient pas et ne partageaient rien, sauf la volonté d'assurer le dessus sur l'autre, en prenant soin d'entraîner le plus grand nombre de leurs partisans respectifs. Les amis du Chef et ceux du Leader cohabitaient, mais ils ne vivaient pas ensemble.

Le Chef était d'ici. Ses ancêtres aussi, depuis des dizaines de siècles au moins. On n'en finissait d'ailleurs pas de gloser sur le premier habitant de l'Île. Ce qui, dans la dialectique militante du moment, se traduisait par « le Premier Occupant », personnage mythique qui n'a jamais su pourquoi, comme son lointain cousin couché sous l'Arc de Triomphe, il était passé à la postérité. Reste que de ce mystère était née une civilisation, avec ses us et sa Coutume, ses langues, ses héros et ses victimes, son art et ses légendes. Culture féconde, le plus souvent orale, que le Chef voulait voir respectée et sanctuarisée dans les tablettes de la République et enfin devenir la référence de tout le pays. C'était son objectif. En plus de quelques fonctionnaires tiers-mondistes adeptes du ministre Deslandes, du parti de la Rose, il était suivi sur ce chemin par la partie de la population qui lui ressemblait le plus, de loin la moins bien lotie, et légitimement à la recherche de mieux-être et de respectabilité. Leur histoire avait été spoliée, leur Île colonisée, disait-il. Et une culture sans mémoire est vouée à la disparition, privée de tout espoir et menacée de toutes les perversions. Le Chef voulait qu'on le reconnaisse, et ses partisans revendiquaient avec lui la voix à ce nouveau chapitre pas encore écrit. Les discours du Chef n'étaient pas tous belliqueux. Ceux de ses partisans pouvaient l'être. Ou le devinrent. Le Chef n'était pas grand, mais sa prestance était ailleurs. Il portait sur sa peau sombre toute l'histoire de l'Île, l'œil bleu pour dire la lointaine ascendance métisse et un éternel sourire dont il jouait comme d'une arme redoutable.

Au fil de mes incursions discrètes dans leurs légendes, je découvris vite que toute la chronique des amis du Chef était finalement bâtie sur cette question emblématique : d'où venait le Premier Occupant sur la première pirogue, réelle ou virtuelle, avec à son bord ses premiers matelots, quelques-unes de leurs compagnes d'infortune, les enfants survivants de la traversée et sans doute quelques animaux embarqués pour leur lait et leur viande ? À quoi pouvaient-ils bien ressembler, ces équipages de la Méduse en maraude sur la grande scène des migrations fondatrices ? Les étoiles leur suffisaient-elles vraiment pour les guider vers l'Île, ou était-ce le feu sacré des Rois mages en route pour la crèche de Bethléem ? Qui leur avait appris à faire le point, à estimer leur vitesse, à relever les droites de soleil, à repérer la Croix du Sud et les amers marquant les dangers de la navigation, à contrer les mauvais courants qui rabattent vers les murailles coralliennes de la côte ? Étaient-ils prédestinés ? À moins que ce soit l'instinct magique des marins, le vent sur leur nuque et leurs pommettes et les prières à leur Neptune qui enjoignaient les équipages de border ou de choquer la lourde voile aurique de leurs pirogues à balancier ? Quelle terre ferme espéraient-ils ? Que leur en avait-on dit ? Quels songes prémonitoires avaient-ils faits avant de s'embarquer pour une traversée sans cap ni GPS ? Et quelles batailles avec les éléments avaient-ils dû livrer avant de frapper leur amarre de coco sur le tronc annelé d'une souche échouée sur le sable ? Et sur quel rivage de quelle île encore anonyme avaient-ils finalement affalé la toile, et quelles furent leurs destinées dès les premiers jours de leur nouvelle vie ? Quelle organisation avaient-ils dû mettre en place pour bâtir la pyramide de leur société ? Avec quelle faune inconnue et quelle nature inhabitée avaient-ils dû composer ? Inhabitée ? Même pas sûr… Avaient-ils dû coloniser une, puis plusieurs plages pour honorer leur contrat de Pères fondateurs, avant de s'attaquer aux flancs de la montagne pour y trouver l'eau douce des creeks qui allait irriguer leurs ignames sacrés ? Et quel sang circulait aujourd'hui dans les veines de leurs descendants ? Car des missionnaires anglais, puis français, eurent tôt fait de débarquer à leur tour, précédant, puis emboîtant le sillage d'un marin de l'Empereur venu prendre possession de l'Île, un jour lointain de l'autre siècle, un 24 septembre. Bien coché dans le calendrier, celui-là.

En plus d'une descendance blonde à la peau claire, les bons Pères casqués à la mode coloniale, très certainement sincères, y multiplièrent leurs préceptes de pensionnat et autant d'hypocrisies sociales, y apprirent à des générations entières comment décliner les contresens de l'histoire, forts d'une bonne conscience à toute épreuve. Avec un empressement coupable, pourtant bardés des bonnes intentions de l'époque, ils participèrent à l'entreprise civilisatrice la plus malheureuse qui soit, s'attaquèrent aux dieux païens, firent le service après-vente d'un surréaliste Code de l'Indigénat, effacèrent les mémoires, tuèrent dans l'œuf toute tentative d'émancipation, instrumentalisèrent les clans, bouleversèrent les hiérarchies et, accessoirement, y imposèrent aux « natives » les robes de cotonnade fleurie bordée de dentelle blanche. Mais aussi, Dieu m'en est témoin, ils y tracèrent des routes, et y installèrent des écoles et des dispensaires, symboles injustement restés dans l'histoire comme des relents de colonialisme dévoyé.

Loin des théâtres de l'histoire, des colons bâtisseurs furent enfin envoyés dans l'Île par quelques philosophes écossais pour y ériger des temples face aux églises. Sur un îlot du sud lui-même isolé de l'Île, au-delà d'une passe supposément infestée de trapards carnassiers, on installa un bagne pour y reléguer les forçats communards, les tireurs de bourses et quelques assassins graciés. Quelques femmes aussi, noires, blanches ou rouges, vierges ou non, forçats et matons ensemble, dans une promiscuité plus mortifère que solidaire. On dit même que la guillotine de Marie-Antoinette y fut dressée en épouvantail. En réalité, elle s'est contentée de jouer l'arbitre des élégances. Mais des fers et des colliers rouillés, des quarantaines et des rations de vermine, de désespoir et de maladies, nombreux y moururent, loin des pénitenciers de la vieille Europe et des promesses de retour. Les survivants chantèrent le doux rossignol et le merle moqueur sous les balcons ajourés de la Colonie, avant d'être libérés avec mission de s'installer sur des lopins éloignés de la Capitale, d'y prendre femme et d'y devenir Îlien.

Du coup, comme un livre qui s'écrit jour après jour, l'histoire s'offrit une île. Des commerçants et des entrepreneurs venus de l'autre côté de la mer y débarquèrent, installèrent des comptoirs et firent fleurir leurs mises lointaines. Une Nouvelle Frontière naquit dans la poussière des pistes tracées dans une Brousse déjà lointaine où les descendants du Premier Occupant ne trouvèrent pas leur compte, exilés, loin dans l'Intérieur, confinés dans un sévère cantonnement sous la chape d'un Code les excluant de l'épopée industrielle qui allait suivre. Car des découvreurs vinrent vite gratter des filons vert et or dans la montagne encore inviolée. Des défricheurs y décapèrent les crêtes. Sur leurs trois-mâts barques ventrus, des marins bravèrent la mal nommée Bonne Espérance pour y décharger les bois du nord, les vins de Bordeaux et le lin de Flandre, avant de repartir, lestés de la terre métallique de l'Île. Des travailleurs tonkinois et javanais vinrent s'y acharner sur les wagonnets surchargés de minerai. Et quand, plus tard, une fois libérés, ils choisirent ou furent contraints de ne pas revenir chez eux, ils n'y furent pas heureux, tout juste soucieux de survivre. Des milliers de pirogues arrivèrent de tout le Grand Océan. Même des Maures vinrent y planter les rhizomes d'Allah. L'Île devint une mosaïque, un assemblage plus qu'un mélange.

L'histoire était en marche.

Sous la houlette de Résidents bardés de leur satanée manie d'ériger en règle immanente le respect aveugle de leurs ordres lointains et flanqués de mes ancêtres stagiaires qui prenaient déjà leurs désirs pour des diktats, une autre organisation administrative émergea entre Capitale et Brousse, comme on invente un avenir, sans imaginer qu'il allait être diablement compliqué.

La tradition coloniale y acquit ses lettres de noblesse. Mais aussi ses zones d'ombre. La conquête des terres, leur mise en valeur, l'exploitation des filons de nickel, de chrome et même d'or, l'élevage à grande échelle et le commerce, devinrent le destin partagé de ceux qui, contraints ou forçats, aventuriers ou bourgeois, honnêtes ou malins, tous désireux d'une vie meilleure, avaient quitté leur lointaine province bretonne, limougeaude ou alsacienne pour des lendemains moins sombres. La chronique se chargea en même temps de chapitres peu glorieux, de guerres désastreuses, de vagues de recrutement à la hussarde pour aller défendre une patrie inconnue, de terres brûlées et de têtes coupées, de déplacements forcés de populations et de paix négociées au sabre d'abattis. Mais n'était-ce pas ce qu'on demandait à la « mission » de l'Empire et plus tard, des Républiques ?

L'histoire est souvent insupportable.

Rencontrer le Chef n'était pas facile. Alors que j'étais naturellement ponctuel lors du premier rendez-vous sollicité quelques semaines après mon arrivée, il avait pointé sa silhouette bonhomme avec une heure de retard. Je ne lui fis bien sûr aucune remarque, mais manifestai quelque empressement à me présenter, espérant qu'il admette au moins d'une formule standard l'embarras dans lequel il me mettait. Mais, plutôt que d'exprimer un quelconque regret, il me considéra de son regard malicieux et me demanda :

— C'est moi qui suis en retard ou vous qui êtes en avance ?

De l'heure exacte, il ne fut naturellement jamais question. Je pris cette saillie comme une première initiation, la version îlienne promptement administrée de l'équation universelle : avoir ou ne pas avoir une montre au poignet déterminait-il une quelconque maîtrise du temps ? Pas de quoi justifier tous les retards dont je suis coutumier. Quoique... Initiation assortie d'un corollaire : pour approcher la pensée du Chef et éviter le contresens qui menaçait comme un piège fatal, il fallait savoir que oui pouvait signifier non, que les mêmes mots revêtaient des sens différents et que, mêlés à d'autres, il fallait se contraindre à en faire la traduction simultanée tout en restant attentif à ceux qui allaient suivre. Le tout en tendant l'oreille, car le Chef parlait toujours d'une voix basse. Il appelait cet exercice l'épreuve de la roussette : il fallait apprendre à l'écouter et à le regarder à l'envers, lui et ses amis, comme la chauve-souris de l'Île, accrochée aux branches la tête en bas. Il fallait faire l'effort d'envisager des univers identiques, mais aux apparences contraires, et rester en alerte, bien conscients que l'envers pouvait ne pas s'opposer à l'endroit, et que le cryptage changerait sans préavis. Je n'eus jamais l'occasion de lui objecter que si la roussette dormait effectivement la tête en bas, elle volait bel et bien à l'endroit et que nous pouvions nous retrouver quelque part, lui et moi, pendant sa rotation à 180°. C'est un vrai regret, car je crois qu'il aurait aimé l'image.

Tout aurait été pour le mieux si les dividendes légitimes que les amis du Leader tiraient de leur travail sur l'Île avaient été davantage partagés avec les amis du Chef qui s'en estimaient exclus. Et c'était bien là le problème. En tous cas dans sa version courte, celle de la note blanche, non sourcée selon la tradition, que l'on m'avait fait passer avec ma feuille de route, mon billet d'avion en classe économique et le nom du chauffeur de la Résidence, Léonce, qui viendrait me chercher. C'est dire si la Grande École m'avait tout caché même la terre étrange où je débarquais un soir de juin austral, venteux et froid, sous un ciel gris taché des fumées de la Vieille Usine marquant l'entrée de la Capitale, renvoyant à la rubrique « Épinal » les filles des mers du Sud et les langueurs tropicales qui leur sont généralement associées.

Le Leader était lui aussi natif de l'Île. Comme son père. Son grand-père, je ne sais pas trop, mais il était sans doute l'un des descendants de ces colons poussés ici par le vent de l'histoire. Et c'était finalement de peu d'importance, car si l'Île était la perle qu'on sait maintenant, c'était bien grâce au Leader, mineur de son état, à ses proches et à ses fidèles qui, s'assurant de confortables retours, n'avaient pas ménagé leur talent, leur temps et leurs lignées, pour administrer la terre la plus proche du paradis.

Le Leader était toujours bien mis, privilégiant les chemisettes et les pantalons de toile claire, mais sans ostentation, en témoignage de son éducation protestante. Il s'acharnait à se faire rare à la télévision, pour mieux se plaindre de n'y être jamais invité. Il ne courait les dîners que contraint et forcé et leur préférait les soirées en famille sur le bateau blanc qu'il pilotait lui-même, à l'instar de l'Île, debout à la barre et garant du cap. J'aurais rêvé qu'il m'y invite. En même temps, je redoutais qu'il le fasse : le Résident m'avait mis en garde contre une proximité, même discrète, avec l'homme qui comptait le plus dans l'Île.

Mais j'eus vite l'occasion de le rencontrer. Il m'avait d'abord considéré comme un avatar, une simple silhouette anonyme en ombre chinoise dans sa galerie de portraits, le énième stagiaire du Résident, innocente victime du système, mais supposément fréquentable puisque j'étais un pur produit des Humanités gréco-latines et de l'école laïque. Et donc un conservateur estimable, pure supposition de ma part. Pour lui qui avait aussi reçu une formation classique, certes plus dorée que la mienne et, dit-on, plus festive, je devais présenter quelques garanties. Mais son statut de Leader et les murailles érigées par l'entourage enjoignaient à ceux qui s'adressaient à lui, à commencer par moi, de rester sur la réserve, au moins dans les premières approches. Gardien du temple, ADN du pays, intendant, producteur, scénariste, parolier, metteur en scène et acteur de la pièce qu'il écrivait jour après jour, il était l'alpha et l'oméga de l'Île et jouait à merveille de la crainte ou, au choix, du respect qu'il inspirait.

Sans m'illusionner sur le cas qu'il faisait — ou non — de moi, je devinais que le Leader avait vite fait le tour de mon carnet d'adresses naissant. Me souvenant de la séquence champagne et petits fours dans la villa blanche au bord du lagon et de l'OPA des jolies invitées sur le nouveau stagiaire, j'imagine, immodeste, romantique, ou les deux à la fois, qu'il avait envoyé ces dames pour me tirer le portrait et l'assurer que je n'irais pas naviguer dans des eaux non cartographiées. Car voilà : arrivé par hasard et pour mon malheur dans le même avion que le ministre Deslandes du parti de la Rose, j'avais été instantanément estampillé du fer de la même couleur qui avait marqué la France quelques mois auparavant. C'est aussi vrai que, suscitant jusqu'aux humeurs du Résident, les gazettes de l'Île eurent tôt fait de retrouver, pour s'en gausser, les photos couleurs de son naïf stagiaire qui, pistonné par une huile sans doute bienveillante du Ministère de l'intérieur, était hardiment parti un soir de victoire électorale humer l'air des foules militantes du côté de Château-Chinon. J'y figurais, victime innocente, aux côtés du candidat à la Rose triomphante recevant l'onction de la République aux airs d'« Ah ça ira ! » dans une salle des fêtes vieillottes aux allures de Tribunal du peuple. Il n'en avait pas fallu davantage pour que le trombinoscope de l'Île s'affole dans mon dos et que je me retrouve à mon corps défendant enrôlé dans les troupes des supposés pourfendeurs du Leader. C'est dire s'il urgeait pour son entourage de me mettre rapidement au parfum, de baliser mon domaine et de m'initier aux arcanes de l'Île : chacun chez soi, et les secrets seraient bien au chaud.

Avec le temps, les choses s'étaient arrangées : les bons jours, je n'étais plus le diable rouge vif qu'on lui avait décrit, ni le Caliméro frais émoulu de la Grande École, encore moins le théoricien, pourtant imberbe, adepte de la libération des peuples. Les bons jours seulement. Car il pouvait aussi arriver que je tombe sous des anathèmes délicats : « traître à la Nation », « fonctionnaire néocolonial » ou « petit juge », c'était selon. Un soir où la télé avait montré les victimes civiles d'une guerre lointaine et que, sans précautions particulières, j'avais exprimé ma tristesse, je fus même gratifié d'un « Père Marie de la Sainte Douleur ». Exagéré, assurément. Et comme, pourtant pas certain de l'étanchéité de mes propos, j'en avais presque autant à son service, mon obligation de réserve en prenait souvent un coup dans des cercles qui ne croisaient pas les siens. Mais on se retrouvait régulièrement sur les pontons du cercle nautique de l'Île, lui en route vers son luxueux yacht blanc, moi vers ma barque alu de location, et là, la glacière du pique-nique dominical au bout des bras, nous partagions la condition enviable de ceux pour qui la faculté d'oubli sert de boussole indéréglable.

L'Île était effectivement devenue au fil des ans un pays prospère. Elle jouait paisiblement de son art de vivre et de son organisation tatillonne, coulant des jours heureux à l'ombre du kiosque métallique qui trônait sur la place des Flamboyants, témoignage d'un passé douloureux que l'histoire s'entêtait à vouloir effacer. Sa Capitale de far west aux florissantes maisons de commerce s'était muée en une belle sous-préfecture méridionale, cachant ses aspects sans-façons et cultivant son goût de France, alignant ses villas californiennes et ses boutiques chic, ses cercles d'initiés et ses criques ensoleillées jusqu'à l'indécence. Un jour, persuadé que le stagiaire du Résident était un garçon discret auquel on pouvait faire confiance, un député de passage, pas le plus sémillant, me demanda sans rougir sur quelle plage de la Capitale les filles étaient les moins habillées. Je lui indiquais celle du Club Pacifique. Il faut dire que sa mission ne durait que quelques jours.

Au fil des mois, j'eus avec le Leader de longues conversations. Celles que devraient partager plus souvent les Anciens avec les plus jeunes, dès lors que ceux-ci n'affectent pas seulement de les écouter. À son contact, j'ai appris l'essentiel : l'Île était plus qu'un pays. C'était un état d'esprit.

— Nous savons d'où nous venons, m'avait-il confié un jour de fâcherie suspendue : jamais du même endroit. Nos ancêtres arrivaient de lieux à peine répertoriés sur les cartes, des îles de la Sonde, des terrasses inondées d'Indochine, des boutiques de Sumatra, des archipels du Pacifique, des îlots inconnus du Grand Océan, de Bourbon, d'Afrique du Nord et même de Papouasie, des barricades de la Commune, des faubourgs parisiens, des pénitenciers de Ré. Jusqu'aux Pieds-Noirs, soudain apatrides, venus chercher ici une autre terre de France. Relisez vos livres d'histoire, suivez le sens des alizés et des grands courants océaniques ou remontez-les bout au vent, laissez-les vous guider et comptez les pays sur leur route. Vous verrez pourquoi nos peaux sont tantôt claires, tantôt foncées, souvent mélangées, au point que leur couleur pourrait être déposée sous un label protégé. Notre métissage est d'origine. Il est pur. Nous sommes les descendants des missionnaires, des mineurs et des écumeurs des mers, des pêcheurs de trépangs et des découvreurs d'or vert. Notre terre est celle des pères conscrits, des chefs coutumiers et des éleveurs de bétail. Elle est habitée de légendes ancestrales et de contes tabous, régulièrement noyée sous les cyclones ou craquelée par la sécheresse. Nos vieux ont parcouru le Chemin des Dames et se sont embarqués par bataillons entiers pour défendre leur lointaine Mère Patrie. Tous ne sont pas revenus. C'est vrai qu'on voudrait parfois mieux savoir où l'on va. Mais ne pressons pas notre pas. Notre histoire s'écrit au jour le jour, notre actualité est fragile. Alors, ne la bousculons pas. Le récif casse les perspectives, interrompt les lignes de fuite et réduit nos chances de nous comparer. Cela explique notre crainte de ce qui vient de loin et qu'on ne connaît pas encore. La Grande Barrière de Corail nous cache aussi de la vue des autres, nous protège des tempêtes. Mais pas au point de les dévier de leur trajectoire. Notre Île est bien seule dans l'Océan, mais elle est aussi entourée d'îlots dans lesquels elle peut se regarder et mesurer ses propres faiblesses. Ses crêtes sont souvent inaccessibles, mais elles sont pourtant le tertre d'où le regard porte loin. Certainement plus loin que le vôtre, juché sur les vallonnements à peine perceptibles de la Beauce, plus sûrement que du haut de vos Avaloirs normands. Nos yeux sont tournés vers le lointain, nous savons que notre sort dépend d'abord de nous. Mais sommes-nous plus sereins pour autant ?

Le Chef et le Leader furent des Sages, n'en déplaise aux chroniqueurs chafouins. Mais le temps fut leur ennemi mortel.

Il faut remonter loin dans les annales pour retrouver les prémices des événements qui suivirent. D'ailleurs, existent-elles vraiment, ces premières encoches sur le calendrier déclenchant la suite de la chronique ? Les ethnologues en font des thèses dont s'emparent commodément les commentateurs en dérapages incontrôlés.

Pour faire simple, cette histoire, c'est celle des amis du Chef que tout opposait apparemment aux partisans du Leader. Et vice-versa. Au point d'oublier qu'ils étaient tous nés ici, qu'ils s'étaient mélangés depuis des générations et que leur descendance devrait un jour faire un flambeau de ce passé tumultueux, plutôt qu'une mèche perpétuellement allumée. En oubliant d'où ils venaient, ils gommaient toute perspective, toute hypothèse pour l'avenir. Et le charisme que partageaient le Chef et le Leader faisait de leurs camps respectifs des champs clos hermétiques à toute raison.

Depuis que les lointains ancêtres impériaux du Résident avaient planté nos trois couleurs sur la côte de la Mer de l'Est, pas très loin des pentes du Grand Col, bien des tensions étaient nées. Les aïeux du Chef avaient été déplacés par la force de leurs terres natales et privés de leurs repères ancestraux. Des grandes révoltes fratricides avaient décimé des familles entières, offrant autant de mythes à leurs descendances. Et, ce n'est pourtant pas faute d'avoir essayé, les Pères Blancs et les missionnaires anglicans n'y purent rien.

L'arrière-grand-père du Leader n'était pas encore arrivé dans l'Île à cette époque, ou à peine, mais ses semblables, si. Ils mirent en valeur les terres redistribuées par les administrateurs sanglés dans leurs uniformes et casqués de leurs certitudes sépia. Et quand l'Île devint cette terre de transplantation destinée à débarrasser la lointaine Patrie de ses voyous en tous genres, le fossé se creusa encore davantage entre les natifs, émigrés d'un autre millénaire avant d'être parqués dans des réserves, flanqués d'un statut d'indigènes, et tous ceux qui, de gré ou de force, avaient fait de l'Île leur terre d'adoption.

En moins d'un siècle, l'Île se brisa. D'un côté une société traditionnelle, forte de ses valeurs, de ses chefs, de son organisation séculaire, de son lien primal avec la terre. De l'autre, l'univers rustique d'une Nouvelle Frontière, une société laborieuse d'éleveurs et de mineurs, de pêcheurs, de colons remplis d'espoirs pas toujours déçus et d'immigrants bigarrés venus de l'autre côté de la mer, déterminés à planter leurs tuteurs dans cette terre alchimique.

L'Île suintait aujourd'hui de contraires incontrôlables. De ce nouveau malentendu historique, même

un Péguy professant l'amour du pays n'aurait pu venir
à bout. Et pour son malheur, l'Île n'avait pas encore
de rites salvateurs ni généralisé l'enseignement des
Humanités.

Très vite, le Résident dut s'y résoudre : je me montrais plus enthousiaste pour aller préparer en son nom des visites en Brousse que pour jouer le majordome de la Résidente ou le supplétif de la République dans les interminables réunions de cabinet. Dans sa grande générosité, plutôt que vers les exercices convenus de mon contrat de stagiaire, il m'envoyait souvent là où, de son point de vue, c'était de quelque utilité, sans qu'en cas de difficulté, les risques encourus soient trop grands. Au pire, l'élu local surpris de ne recevoir que son stagiaire, faisait-il appeler le Résident pour s'assurer que les messages étaient bien passés. Pas dupe, voire victime consentante, j'imagine qu'en Résident madré, il m'envoyait surtout en chevau-léger me coltiner l'air du temps, tâter les esprits, sentir le vent et sonder les cœurs avant, selon l'usage, de venir en personne déployer les pompes et les œuvres de la Mère Patrie. J'étais devenu l'estafette de la République. Mon CV n'en porte malheureusement aucune trace, c'est la preuve que cette charge n'en fut jamais une, au contraire. Attentif au rapport circonstancié que j'en ferais, mon Résident considérait enfin ces incursions hors de ses murs comme de belles occasions de me voir aux prises avec des situations qui demandaient bon sens, simplicité du langage et pertinence des propositions, tout le contraire des leçons apprises à la Grande École. Et cela me convenait d'autant plus que le climat se dégradait dans l'Île et que les moments de répit devaient être mis à profit par le Résident pour faire vivre la généreuse République. L'idée de l'incarner, même par procuration, ne provoquait à mes propres yeux aucun sentiment d'orgueil. Mais d'immense bonheur, oui. Comme dans le rêve étrange et pénétrant du poète.

Aujourd'hui, je donnerais cher pour me retrouver assis aux côtés de Léonce, le chauffeur du Résident, un vieil Îlien cousin du Chef dont je m'étais vite fait un complice. De lui j'ai appris la générosité, le respect de ce qu'on ne connaît pas et les vertus d'un silence unique au monde, rempli de sons et même de senteurs. Le silence qui envahit l'épiderme autant que l'esprit, bouscule les sens autant que les neurones, interroge le cœur plus que l'intelligence. Léonce savait le bruit des mots, la précision qu'il convient de leur donner et les perspectives qu'ils ouvrent, si l'on y prend garde. Dans l'Île, bien des malheurs naissaient de ces mots mal dits et mal entendus. Voire pas du tout. Sans doute par précaution, ou par peur de blesser, on leur préférait souvent ce silence-là, le non-dit.

Pour l'une des premières missions loin des confortables certitudes de la Capitale, le Résident m'avait envoyé dans le Nord. C'était au lendemain d'un cyclone qui, disait-on dans la Capitale, avait ratissé les terres, noyé le bétail et désespéré des milliers d'Îliens contraints de se réfugier sur les points hauts, dans les abris publics, les églises et les écoles, loin de leurs tribus inondées et des champs soudain inaccessibles. Cette année-là, les météorologues avaient baptisé ce cyclone du nom de Lisa. Chaque phénomène climatique, dès lors qu'il devenait dangereux, recevait ainsi un nom, égrené par ordre alphabétique tout au long de la saison humide. Un petit nom le plus souvent féminin. Allez savoir par quel perfide sous-entendu.

Pendant plusieurs jours, Lisa avait joué les filles de l'air, ne se décidant pas à déclarer sa trajectoire et à disparaître dans le Sud, comme d'habitude, une fois son forfait accompli. Du coup, elle occupe encore aujourd'hui une place unique dans la longue chronique des dépressions qui incrustent les esprits dès le mois de décembre. Parce que, dans sa danse vicieuse, Lisa avait tourné en boucle, léchant l'Île, reprenant des forces le long des monts, revenant la frapper sans discrimination, attaquant au Nord, dévalant la côte de la Mer de l'Est, passant le col de l'Entre-Deux pour finir à l'ouest, laissant traîner ses strates filandreuses dans le Sud, jamais rassasiée.

Lisa avait frappé l'Île avec une force rare. À tel point que le Résident, Commandant en chef des Éléments et Grand Ordonnateur des Urgences, était resté bloqué dans son bureau pendant deux jours, l'antique liaison BLU des gendarmes collée à l'oreille, faute de téléphone vaillant, pestant contre les antennes radio couchées par les vents, les routes coupées et les ponts emportés. Mais il savait aussi qu'à l'instar de ses semblables, Lisa aurait pour vertu de resserrer les liens et de raviver les solidarités dans les villages et les tribus. Il avait donc décidé se rendre dès que possible dans le Nord pour apaiser le désarroi des sinistrés et débloquer quelques crédits républicains forcément exceptionnels. Dès que possible, ce serait demain, quand le plafond des nuages et le vent mauvais autoriseraient le décollage du Puma de l'armée.

Mon travail consistait donc à le précéder en voiture et à diagnostiquer les dégâts provoqués par Lisa. Mais en réalité, mon job était de tester l'humeur des maires et de la population sinistrée. En clair, de donner de la matière aux rencontres qu'il aurait le lendemain et d'enrichir ses discours de représentant de la Mère Patrie.

Dans ce contexte très particulier, pas malheureux de la confiance qu'on me faisait, mais d'une modestie non feinte devant les inconséquences de la nature, j'ai récupéré mes vieilles bottes de pont, celles que je chaussais autrefois dans mon antique 2 CV pas plus étanche que mon insubmersible plan Cornu mouillé dans le port de Paimpol, entassé mes dossiers sur la banquette un peu moite de la Peugeot de service et, sous la houlette souveraine du cousin du Chef, j'ai pris la route du Nord.

Comme un père de substitution, le Résident m'avait bien sûr fait mille recommandations, soulignant l'heure grave et l'enjeu essentiel de ma mission. Mais, sans calcul ni réelle surprise, ce fut précisément au moment de m'asseoir aux côtés de Léonce que je décidais de me laisser aller à l'instant présent, de bannir toute pression et de profiter de cette parenthèse de quelques heures que m'offrait notre bienveillante République.

J'ai gardé de cette route du Nord la sensation troublante d'une intimité nouvelle tapie entre mer et monts, l'écho saisissant d'une ritournelle alors inconnue dans cette île-Madeleine que je découvrais sous son jour le plus émouvant, lumineux et délavé, endolori et fier, s'offrant aux caprices du temps et s'en jouant pour mieux s'en relever.

Cette route, je pourrais la refaire de mémoire : le lagon argenté aux premières heures du jour, ses nuances bleu profond dès le port contourné, puis vert émeraude au kilomètre 92, quand les fonds remontent et donnent leurs airs de boîte à bijoux aux baies offertes au matin. Après la montée aux jacarandas mauves, la grande ligne droite traversant les terres salées où des colons convaincus de leur bonne fortune par un ancêtre fouriériste du Résident vinrent planter du coton et élever des moutons avant de prendre un bouillon mémorable et aussitôt mettre fin à une tradition mort-née. Encore dans la brume, les monts surplombent la plaine étroite où se succèdent les *stations*. Ailleurs, on parlerait de fermes ou d'exploitations agricoles. Les grandes perspectives d'herbes jaunies n'ont pas encore profité des pluies de Lisa pour reverdir et il est encore trop tôt pour qu'ils se tachent du rouge des flamboyants de Noël. Dans leur paddock, quelques chevaux somnolent, chassant d'un frémissement d'échine les taons vibrionnant dans l'air humide. Les chiens gris et jaunes mâtinés de *dingos* australiens n'aboient pas. Ils se fondent dans la poussière des pistes. Et, à l'orée des longs chemins menant aux champs quadrillés d'enclos de bois, des demi-fûts de ferraille sans doute abandonnés par les boys de 1942 font office de boîtes aux lettres que personne n'aurait l'idée de venir chaparder.

À droite de la route de la Mer de l'Ouest, les pistes en remblais serpentent dans les mines comme les colimaçons du Ventoux qui auraient enseveli leurs pierrailles desséchées sous la poussière de nickel. Parfois, entre deux nuages, les limbes de Lisa laissent passer un rayon de soleil sur une cime étêtée, abandonnant dans la quasi-obscurité les éboulis de minerais bavant sur les flancs de la montagne.

Ces intermèdes d'abord inopinés, puis attendus, ont eu un effet immédiat sur moi : jamais un dossier du Résident, même compliqué ou piégeur, ne m'apparaîtra insurmontable dès qu'il puisera ses racines dans le sol de l'Île. Tout venait du ventre de cette terre qui donnait son nom à ses habitants et de ces hommes qui lui empruntaient leur identité. On disait : « le vieux Untel, de la terre à gauche après la route du wharf », ou « la propriété Unetelle, celle au drapeau, juste avant le creek des Amis ». Chaque relief, chaque lieu avait son histoire et servait de repère, de balise bleue : la montagne coiffée de chaux blanche d'où, selon la légende, une femme fuyant son amoureux encombrant s'était jetée avec ses enfants, le mont pointu aux flancs tellement symétriques qu'on le croirait bernique sur son rocher, le col bien-nommé des Deux Mamelles avant la rivière couleur pastis coulant dans les latérites rouges du sud, la forêt inondée du Grand Barrage d'où émergent des fantômes de bois pétrifiés et, tout autour de l'Île, ces rivages de sable granuleux, de palétuviers gothiques, de champs en jachère ou de sentiers poussiéreux. Les rivages, là où tout change à chaque heure qui passe, où la terre respire au tempo du ressac et des cycles de la lune, où l'espace se réduit ou grandit comme dans un souffle, une respiration. Un plaisir, qui sait?

Imaginez tous les rivages rivalisant de soupirs tout autour de la Terre. Des milliers d'haleines salées se renvoyant leur râle dans une gigantesque félicité. En sourdine ici et reprenant aussitôt là. Le moindre rocher érigé en Priape et les longues barrières de corail s'offrant au battant des lames dans une complainte universelle. Et les flots monstrueux émergeant des abysses pour s'affaler sur les lèvres ouvertes des passes bouillonnantes au rythme des ressacs qui s'écorchent sur la grande barrière. Regardez ces cataractes allant et venant dans un bruit de glissades. La mer montant à l'assaut des coraux soudain murailles ou chuintant dans les espaces infinis des grandes baies sablonneuses, puis disparaissant le long des tombants vertigineux ou se diluant en des milliers de bulles que happent les poissons en apnée dans ce capharnaüm liquide. Les rivages sont la marque de l'univers en construction. Mais aussi, pour qui s'y laisse prendre, celle de l'émotion indispensable à chaque jour qui naît.

Un jour, entre deux silences, je m'enhardirai et j'en dirai un mot à Léonce. Peut-être, en fait de rivages et de montagnes, me confiera-t-il les légendes des clans de la Mer et de la Terre, comment ils échangeaient leurs biens dans un marché sans argent, mais riches de leur monnaie de coquillages tressés dans du poil de roussette, comment ils faisaient de ces richesses le début et la fin de toutes choses, de leurs unions, autrefois de leurs guerres, de leur histoire millénaire. Plus certainement, pour m'apprendre la patience, me racontera-t-il seulement son dernier coup de pêche dans un trou d'eau connu de lui seul. Qui sait ? Mais il me faut encore un peu de temps pour que le cousin du Chef m'adopte et ne voie plus en moi le stagiaire de passage le saoulant de questions.

Au bout de la route, la mer dans le Nord a pris des airs de Mer du Nord et le lagon, sa tête des mauvais jours. Lisa est encore dans le secteur. Alors, prudents, en prévision de la nuit qui s'annonce en même temps que la marée montante, les gens d'ici ont complété leurs stocks de biscuits secs, d'eau minérale, de lait en poudre, de pétrole lampant et de piles électriques pour le transistor. Car l'électricité ne reviendra que dans plusieurs jours et la radio sera le seul lien avec le reste de l'Île. Mais rien à faire pour les bêtes, sauf à espérer qu'elles trouvent un point haut et ne paniquent pas dans le vacarme de la tourmente.

À la télé, on n'entend jamais la clameur des tempêtes. Il y a toujours un journaliste émotif pour en faire des phrases à rallonges alors qu'il suffirait d'un micro pour en avoir l'écho véritable. Un cyclone, c'est d'abord une pression sur les épaules, lourde et moite, le ciel en raz de Sein, un grondement d'enfer, confus, puis de plus en plus précis, l'air qu'on entend se déchirer de loin et se rapprocher en retenant son souffle, puis des montées interminables dans les octaves avant le calme effrayant des intermèdes murmurés comme autant de rafales avortées, la pluie à l'horizontale, la nuit en plein jour, le silence hypocrite quand passe l'œil de la dépression et les vents repartant aussitôt dans l'autre sens, le gargouillis des ruisseaux devançant la rumeur de leurs flots grossissants, le grésillement des lignes électriques s'affalant sur le sol détrempé, le sifflement des toits de tôle et des panneaux publicitaires mal arrimés qui décollent comme des coupe-gorges, et le craquement des arbres qui gémissent si fort qu'on croirait entendre leur cime crier pitié.

Les gens d'ici, un peu échaudés par les branle-bas lancés depuis la Capitale par des fonctionnaires forcément incapables, parlent d'un simple coup de vent. Mais les gendarmes annoncent la couleur à l'entrée de la brigade. L'alerte n° 1 est toujours en cours et les patrouilles se relaient le long des pistes défoncées. Pas de ramassage scolaire, les écoles sont désertes. La varangue du dispensaire est éclairée : le groupe électrogène fonctionne donc. Aux Trois Chemins, les enfants en short de nylon et claquettes de mousse bénissent Lisa qui retarde leur retour à l'internat. De la dernière dépression, ils ont retrouvé des vieilles planches de contre-plaqué et surfent sur le carrefour transformé en spot improvisé.

Ici, le vent soufflait fort depuis plusieurs jours : c'était déjà signe de pluie. Pour honorer leur lignée et chanter bien haut le nom de la mine à ciel ouvert qui les a vus naître, Troulala ou Fridoline, les creeks d'ici saignent du rouge des entrailles de la Montagne, le long de cicatrices toujours recommencées depuis les temps d'avant, quand les gens du Nord estimaient le danger des cyclones à la force des torrents dévalant du haut des crêtes.

Mais, vu de la route, malgré les craintes du Résident, finalement peu de dégâts. Les ruisseaux sont bien sortis de leur lit, mais les enrochements de protection mis en place après les dépressions de l'an dernier ont été efficaces. Je rassurerai le Résident sur ce point. Mais je ne lui raconterai pas comment le Résident-délégué de la région avait voulu me convaincre d'alourdir mon rapport, histoire de redonner des couleurs sonnantes et trébuchantes à ses futures tournées en Brousse. L'emblématique bac, le dernier d'une longue histoire, n'a pas été tiré au sec ni même détaché du câble qui l'empêche de dériver dans ses va-et-vient entre les deux rives du fleuve. Un cyclone aussi tôt dans la saison, le passeur mutique accroché à sa vénérable pétrolette n'y croyait pas. Pourtant, les cartes météo étaient bien précises. Il ne les a pas regardées. Les vieux savent, les autres doivent se résoudre à apprendre. Exactes au rendez-vous que je leur avais fixé, les équipes chargées de redresser les pylônes électriques tombés à terre sont prêtes à recommencer leur besogne habituelle. Il faudra que le Résident salue leur travail. Une seule coupure sur le réseau basse tension, ici à l'entrée de la Tribu du Bord de Mer.

Mais de l'autre côté du village, Lisa a tué. Comme à chaque fois, un matador de la piste a surestimé les performances de son vieux 4x4 et s'est risqué à traverser le creek. Emporté par le flot, on retrouvera sans doute son corps en aval de la rivière, une fois le soleil revenu. Mon mémoire au Résident retiendra son nom et celui de ses enfants, suggérera un geste à sa famille et la reconstruction de la passerelle en bois qui mène chez lui. Je donnerai aussi à mon patron les détails les plus précis sur les récoltes détruites, les volières déchirées sur les caféiers de la vallée, les réserves alimentaires brutalement décongelées dans les frigos des commerçants, les enclos désertés par les bêtes paniquées et les citernes d'eau de pluie hier encore perchées sur leurs croisillons de bois et maintenant renversées au milieu des bananiers brisés. Les maraîchers ne pourront plus alimenter les camions du Tour de Côte, la compagnie de colporteurs chargée de récolter et de livrer les fruits et légumes tout autour de l'Île. Tant que l'eau n'aura pas évacué les parcelles, tant que les canaux d'irrigation ne seront pas drainés, plus rien ne poussera. Dans la Capitale, les prix vont encore exploser. Les touristes tout retournés par ces aventures inédites n'oseront pas pester contre la vie chère. Les gens d'ici, oui.

- Voir avec les Travaux publics le haubanage de la vieille passerelle métallique enjambant l'affluent du fleuve.

- Vérifier que les deux grands pins colonnaires couchés sur la route de la Mer de l'Est soient bien dégagés. De toute façon, ils étaient termités. Le vieux maire, un ancien répétiteur de la Mission, m'a même confié que leur chute arrangeait bien les finances de sa commune. Il en reste une petite dizaine. Ils n'attendront pas la prochaine dépression.

- S'assurer que les bateaux mis au sec par la méchante houle soient correctement coltarés avant de retourner en mer.

- Tenter, sans doute en vain, de persuader les gens du Nord de l'intérêt d'une petite VHF à bord et d'un moteur de secours.

- Quant aux bêtes retrouvées le ventre gonflé et les membres raidis, il faudra les évacuer rapidement.

Puis les incinérer. S'en assurer auprès des maires et des services vétérinaires.

- Proposer de financer leur ramassage.

- Penser à débriefer avec les services météo sur le rythme et le niveau de précision des alertes au public.

- Voir avec le Ministère si et comment déclencher rapidement l'état de catastrophe naturelle.

- Demander aux médias locaux de rajeunir leurs messages d'information.

- Réunir les assureurs à la Résidence et publier les communiqués sur les aides d'urgence aux agriculteurs et aux éleveurs.

- Proposer au Résident d'instruire une demande de passage en catastrophe naturelle.

- Réunir une conférence de presse pour calmer les journalistes.

- Préparer quelques éléments de langage pour une éventuelle interview du patron à la télé.

Sitôt débarqué de son hélicoptère, le Résident me demanda mes notes. Je vis plus tard qu'il s'en inspira. Pas pour en faire un long discours, mais pour donner du corps à ses paroles de réconfort qu'on attendait ici, pour y honorer une famille connue de la vallée, se souvenir du nom d'un lieu-dit en langue locale, remercier un éleveur qui avait fait don de sa citerne d'eau ou un chauffeur de bus qui avait fait un détour pour évacuer un malade. Un Résident sous son meilleur profil, plus Petit Père des Peuples que Grand-Père Fouettard. J'ai aimé sa bienveillance, l'inverse de la suffisance technocratique raidissant nos profils de comptables accouchés de la sacro-sainte Gestion Prévisionnelle des Emplois et des Compétences, la Bible de nos DRH.

Je m'en souviendrai.

Au lever du jour, Lisa tira sa révérence pour de bon. Les enfants retournèrent à l'école, les transports scolaires reprirent le tour des tribus, les internats se repeuplèrent : les dépressions, ça ne comprend décidément rien.

Comme lessivé à grande eau, le Nord allait vite renaître à sa lumière métallique, l'air encore laiteux redevenir translucide. En haut du Grand Col, quelques nuages s'accrochent encore aux mimosas sauvages. Sur la route du bord de mer, la pancarte de la maison commune a pris un coup de gîte. Le vent n'y est pourtant pour rien. En bas, il lève la houle sur le grand récif, de nouveau prêt à faire scintiller son sourire ultrabright sur le papier glacé des dépliants touristiques.

PATRICK
OU LA GRANDE CONDUITE

Le Résident exigeait de moi que je ne compte ni mon temps ni mon énergie au service de notre République bien aimée. Ce que je concevais fort bien. On n'eut donc aucune difficulté à nous synchroniser, ou, pour dire l'exacte vérité, il n'eut aucun mal à me faire comprendre que mon impérieux devoir était de me caler sans maugréer sur son agenda surchargé de Résident. Je n'étais pas dans l'île-la-plus-proche-du-paradis-des-stagiaires pour ronchonner dès que mes tâches explosaient les heures réglementaires de travail hebdomadaire. Je travaillais mes arguments pour qu'il m'envoie sur les stations ou dans les mairies de Brousse plus souvent que dans mon bureau climatisé, gracieusement fleuri chaque matin par la femme de Léonce, où je rédigerais, pour la gloire, le mémo d'une interminable AG de coopérative fruitière. Malgré le vrai plaisir de les écrire au plus près de ses instructions, je voyais peu l'intérêt de spéculer des heures sur des projets d'allocutions que le Résident ne regarderait qu'entre deux portes, puisqu'avec ses mots choisis et ses silences appuyés, ses tournures sèches et ses sentences incantatoires, il était reconnu par tous comme le champion toutes catégories de l'improvisation et de la petite phrase. Cruelle ou non, du moment qu'elle fasse mouche. Les Îliens aimaient ses saillies taillées sur mesures qui lui sortaient droit du cœur et allaient droit au leur, exercices qu'ils imaginaient sans filet, formules rustiques d'un Résident aussi roué qu'eux et qu'ils aimaient ainsi, à l'emporte-pièce. Et lui ne faisait rien pour les détromper. Mais imaginaient-ils que rien n'est plus apprêté qu'une improvisation ?

Alors, je me résignais souvent, comme hors-jeu, avec mes phrases courtes, la documentation précise qu'il exigeait de moi et mes mots de tous les jours, convaincu que les feuillets que je lui noircissais lui donneraient au moins une contenance quand il s'avancerait vers son pupitre en bois des monts, le rassureraient peut-être ou lui feraient office d'antisèche, ce qui valait mieux pour tout le monde et me ramenait à ma condition d'apprenti-Résident. Mon impatience était là : comme le vieux passeur du Fleuve du Nord, le Résident avait les codes de l'Île et moi, je les découvrais chaque jour à ses côtés. Il me faudrait encore longtemps cultiver les gens d'ici, autant que leur fantastique décor, avant d'écrire un manuel de science administrative appliquée aux Îliens. Sur ces champs clos qu'on dirait sans limites, les théories les plus savantes s'accommodaient mal des chocs frontaux avec la réalité. Je bénissais le Résident de lire dans mes caprices de stagiaire la manifestation malhabile de cette intime conviction que nous partagions. Et dans laquelle je puisais humblement.

C'est au soir d'une de ces réceptions d'un autre âge dans le grand hall de la Résidence qu'il admit ma lassitude passagère et, avant qu'elle ne devienne un vulgaire coup de spleen de fonctionnaire, il me donna quartier libre pour quelques jours, à scrupuleusement décompter de mes congés, afin que je puisse rejoindre le Nord et me lancer dans une aventure dont je lui rebattais les oreilles depuis des semaines. Un grand rassemblement d'éleveurs s'était tenu dans les plaines de la Mer de l'Est. De toute l'Île, ils avaient conduit leurs chevaux par dizaines au pied du Grand Col, traversant les monts comme du temps des échanges entre les Îliens des deux mers. Patrick, l'éleveur de la propriété près de la rivière, devait organiser le rapatriement à l'ouest de ces trois cents têtes parquées dans des enclos où il ne faisait pas bon traîner. La promiscuité entre des chevaux à peine débourrés n'est pas une sinécure, m'avait-il averti. Il lui fallait donc constituer un équipage de dix cavaliers qui devraient conduire ce gigantesque troupeau sur plusieurs dizaines de kilomètres, franchir des vallons, des forêts, des rivières et les cols étroits qui séparent les collines du Nord. Et il fallait faire vite, plusieurs bêtes blessées avaient déjà été écartées des corrals surpeuplés.

À ta question de savoir si je montais à cheval, Patrick, tu étais persuadé que je t'avouerais, penaud, que je savais à peine monter dessus. Et encore, à la façon faussement détachée des sociétaires privilégiés des centres hippiques de la Capitale, bottes lustrées et veste cintrée de rigueur. Oui, je montais, en modeste amateur. Si la vraie interrogation, Patrick, était de savoir si tu me proposais de faire la Grande Conduite avec toi, alors, c'était encore oui. Si, en plus, tu me demandais si j'étais mort de peur à l'idée de ne pas être à la hauteur, la réponse était toujours oui. Et si tu me demandais, aujourd'hui, si c'était le summum de ce que l'Île et toi pouviez m'offrir en cadeau, je te le dis, c'est encore et toujours oui.

C'était difficile de le formuler ainsi sur le moment. Accoudé à la longue porte du paddock, ce n'était pas le moment de te faire des confidences. De toute façon, ce n'était jamais le moment et tu n'étais pas le type auquel on en fait. Tu les aurais écoutées, mais elles t'auraient gêné, comme d'inutiles déballages. Descendant de bagnard ou de maton, de colon, d'entrepreneur ou de marchand de quatre saisons, peu importe finalement, toi et les tiens ne revendiquiez aucune attache, sinon votre terre, aucun slogan, sinon d'y vivre et d'en vivre. Vous ne vouliez aucune aumône, même si l'Île ne vous rendait pas toujours la monnaie de votre générosité. Vous n'acceptiez aucune autre filiation que vos généalogies de durs à la tâche, résistantes aux querelles de la Capitale et à ses chroniques retapées, aux petites phrases féroces qu'on y va répétant, l'œil gourmand et l'air entendu. Ici, la rudesse de tes semblables nous ramenait à l'essentiel. Tu traitais sans douceur excessive tous ceux qui s'aventuraient à te trouver une gueule de cinéma, lasso et éperons sans supplément dans le contrat de l'agence de voyages. Et, à défaut de selfies qui n'existaient pas encore, gare aux touristes amateurs de promenades à cheval qui attendaient de te voir te caricaturer tout seul ou annoner des credos politiques sous prétexte que tu avais fait un bout de chemin avec une Îlienne, amie du Chef. Je savais que vous aviez souffert d'avoir un temps été déguisés par les magazines parisiens en parangons de folklore îlien, toi sur ton cheval de stock ou marquant tes bêtes du A de ton nom et elle, aussi à l'aise à la traque aux crabes dans la mangrove que siégeant au Conseil des Femmes de la région. Tu étais même devenu, contre ton gré, le symbole bien commode d'une Île en mal de *peoples* photogéniques. Personne ne vous avait prévenu du poids des mots et du choc des photos. L'ouest des grands espaces de légende t'appartenait. Te demander de te livrer en icône sur les prospectus en technicolor de l'office Îlien du tourisme, c'était provoquer par avance une fin de non-recevoir.

Toi, ton travail, c'était ton troupeau de limousines et de brahmanes, tes chevaux, les vêlages nocturnes, les sélections de souches avec le vétérinaire, la rotation des pâturages, la gestion des jachères, le fourrage en quantité pour la saison sèche, les groupes électrogènes, l'entretien des parcelles, les adductions d'eau pour l'irrigation et les abreuvoirs, la réparation des clôtures, le bain des bêtes dans les bacs à tiques, la lutte contre le braconnage, les fins de mois et la cote du marché pour optimiser les ventes à l'office Îlien de commercialisation du bétail. Alors, tu n'avais pas le cœur à supporter les confessions d'un apprenti-Résident. Elles ne faisaient pas le poids face à trois centaines de sang-mêlé coincés loin de chez eux. L'urgence, c'était d'équiper les chevaux de bât, de seller les nôtres, de prévoir le gîte et le couvert pour dix costauds et de s'assurer des réserves d'eau dans les jerrycans.

J'étais au pied du mur, ou plutôt le pied à l'étrier. Restait à décrocher le Graal.

Sans effets de manches, comme on offre en présent le meilleur de soi-même, ce fut oui. À une condition, me prévins-tu :

— Tu ne seras pas l'apprenti-sous-préfet aux champs, en villégiature dans un club équestre de la belle banlieue, mais le cavalier posté à la place que je vais t'attribuer. Nous aurons tous notre rôle autour du troupeau, et s'il part en vrille dans le dévers des vallées ou pire, s'il se blesse dans les mimosas d'une ravine, nous perdrons des bêtes et notre travail est de les ramener toutes et entières à leurs propriétaires. Tu te chargeras du flanc droit, plutôt sur l'arrière. Toujours bien visible, à environ trente mètres des bêtes pour que les plus tordues t'aient toujours dans le viseur. Méfie-toi des poulains, ils sont fous. Des étalons aussi, ils se prennent pour ce qu'ils sont, ils bottent et ils mordent comme des malades. Et si tu laisses une faille dans le dispositif, il sera déjà trop tard, tu ne pourras plus les arrêter. Alors, n'attends pas que la fuite grossisse, fonce en prenant les extérieurs, gueule autant que tu peux et donne du fouet. Je serai derrière toi, pas de souci.

Et c'est ainsi que pendant trois jours, chapeau de Brousse vissé sur la tête et body de cycliste sous le jean pour ménager mes arrières de stagiaire du Résident, je suis presque devenu un Îlien, poussant, comme si c'était inné, une horde de chevaux dans une brousse que personne n'aurait même eu idée de pénétrer, tant les premiers contreforts du Grand Col semblaient infranchissables. Peu importaient aux bêtes les bleus et blancs du lagon de la Mer de l'Est qui se découvraient au fil de l'ascension, les héros du jour, c'étaient eux, libérés de leur carré où la pension avait dû leur paraître interminable.

Pas stupides, les chevaux galopant de mon côté ont vite repéré ma modeste condition d'apprenti-conducteur-de-Conduite, baguenaudant dès que l'herbe leur semblait grasse à point, se prenant pour des cracks d'Epsom dès qu'ils sentaient une perspective assez large pour se dégourdir les jarrets et se jouer de moi dans les fougères arborescentes, synonymes de terrains ombrageux, humides et glissants. Pas de quoi faire le fier, même avec une selle australienne à pommeau de cuir, un chapeau de brousse et des molletières de toile façon 14-18 au-dessus des santiags. Mais, pas de casse. Pas de chute non plus. Quelques sueurs pour mon Patron de la Conduite, je l'admets, en plus d'un académisme tout relatif lorsqu'il fallut jouer collé-serré avec le troupeau lancé à toute allure entre les buttes d'herbes hautes. Dès les premières rivières, creeks profonds ou simples mares, je dus donner de la voix pour empêcher les bêtes assoiffées de s'alourdir ou pire, de se vautrer dans l'eau froide où, malgré la tentation, je me gardais aussi d'aller patauger. À chaque fois, il fallait aller chercher les retardataires et relancer le troupeau, aidé par les chiens bergers australiens gris et ocre dont j'ignore encore le chromosome singulier qui les faisait endurer de telles épreuves. Je me surpris même à donner de la voix comme jamais je ne m'en serais cru capable. Incognito, c'était bien ce qu'on me demandait. Donc sans inhibition particulière.

Seuls les sentiers en corniche ralentissaient la progression étonnamment rapide du troupeau. Selon un protocole que seule la nature pouvait ordonner, chaque bête trouvait alors sa place dans le long défilé soudain muet, comme puni d'avoir galopé au nez et à la barbe d'un apprenti-éleveur aussi peu à l'aise que devant ses maîtres à la Grande École. Des couples s'étaient formés, inséparables malgré le rythme changeant de la progression, vifs à faire respecter le voisinage de l'un ou à protéger l'autre. Dans la bousculade, quelques étalons trouvaient encore assez d'allant pour présenter une complexion amoureuse fort respectable aux dames qui les dissuadaient d'une ruade explicite, question de bienséance, se réservant pour l'intimité du paddock.

Comme les vieux qu'on écoute sans tout comprendre de leurs maximes séculaires, il me suffisait de faire confiance à ma monture sur ces chemins piégeurs marquant la crête des monts. Son pas était d'une précision de funambule, à la fois sûr et souple. C'était aussi le moment que j'attendais pour déchausser mes étriers et étirer mes jambes endolories, bien caché des vrais pros qui auraient vite moqué l'amateur que j'étais. Parfois, d'un coup sec, les naseaux frémissants, mon cheval réclamait une bride plus longue, histoire de souffler. De le voir ainsi concentré me rassurait sur la trajectoire qu'il prenait d'instinct sans que j'aie à m'en soucier. Dans les grandes montées, le pas lent remplaçait avantageusement le galop. Je me dressais alors sur les étriers pour soulager le cheval. Penché sur son encolure ou même agrippé à sa crinière, je gardais l'œil sur le troupeau et me tenait prêt à me jeter dans un fossé aveugle à la poursuite d'un rebelle échappé vers les acacias coupants.

Deux nuits d'affilée, il fallut bivouaquer, guider le troupeau vers des enclos préservés depuis des temps immémoriaux au milieu de nulle part, remplir les abreuvoirs grâce à un ingénieux réseau de tuyaux d'arrosage tirés jusqu'à la rivière, gérer l'impatience des plus robustes, repérer la jambe boitant bas, soigner la vilaine morsure à l'encolure et décharger les chevaux de bât des kilos bringuebalants de ravitaillement. Avant la veillée, Patrick a mis un carton de canettes au frais dans le creek. Il en a profité pour attraper quelques chevrettes qu'on mettra à cuire sur la tôle découpée d'un fût qui en a vu d'autres, à côté de grillades aussi épaisses que dans les publicités et qu'on engloutira en silence avant que chacun capitule, allongé à même la terre, auprès de la flambée qui écarte les moustiques.

Demain, dès que les espaces redeviendront immenses, dès que les pistes disparaîtront pour s'élargir en horizons sans fin, le troupeau repartira de plus belle, les chiens de bétail dans ses pattes, dessinant entre les monts une marée alezane, blanche et appaloosa ondulant dans un immense nuage de poussière. Et on n'entendra plus, à des années-lumière à la ronde, que le roulement de la galopade, l'ahanement des chevaux, le feulement des crins et le claquement des fouets dans le vent.

Nous n'avons perdu aucune bête. Chaque propriétaire a retrouvé les siennes en bonne santé dans le paddock de la Tribu de la Montagne, retapé pour la circonstance. C'était le contrat. Mais je n'en rapporte aucune image pour en témoigner auprès de mon Résident. Patrick disait que nous aurions assez à faire pour mener à bon port la dernière Grande Conduite de l'Île. Pas la peine d'en faire tout un cinéma.

Il aura fallu que la guimbarde de Léonce tombe en panne d'alternateur pour que je l'emmène en ville et que j'accomplisse la mission la moins classique qui soit, si l'on considère de façon objective ce qui était raisonnablement exigible d'un apprenti-Résident. Mais Léonce me l'avait demandé comme un service et je n'avais naturellement trouvé aucune raison sérieuse de le lui refuser. Je le remerciais même secrètement de m'introniser comme partenaire complice de son quotidien.

C'est vrai qu'il y avait urgence. On était vendredi soir et les magasins allaient fermer pour un long week-end. Un coup d'ouest était passé en début de semaine, amenant dans ses nuages de violentes averses et des risées qui avaient grisé le lagon, tendu les aussières et fait claquer les drisses sur les mâts des bateaux amarrés dans la marina des Orphelines. Comme à son habitude, le vent avait vite repris ses dix quinze nœuds de secteur sud-est et le temps s'était remis au bleu scandaleux dont seules les terres bénies du haut des cieux ont le monopole, surtout le samedi. Les Îliens de la

Capitale allaient donc sortir leurs beaux bateaux et s'égayer sur les îlots alentour, passant leur chemin si un seul intrus mouillait déjà devant celui qu'ils convoitaient. S'ils voulaient vivre à l'instar de Robinsons, il existait assez de paradis terrestres dans cette immense mer intérieure pour ne pas aller emmêler leurs ancres autour du premier banc de sable venu, au prétexte qu'il était baigné d'une eau de carte postale. Ils le sont tous. Parfois, ils pousseraient plus loin dans le sud, au-delà du canal Courant d'Air, et se cacheraient dans les baies où les grands trois-mâts venaient autrefois se mettre à l'abri des cyclones ou caréner avant de remettre le cap vers l'Europe, alourdis du nickel de l'Île. Comme s'y faisait autrefois conduire la Reine, les bateaux blancs iraient mouiller à une encablure de l'étonnante résurgence d'eau chaude émergeant à la surface de la mer. Les enfants plongeraient avec leur père autour de l'Aiguille, une monumentale concrétion de corail laissant échapper vers la surface des milliers de bulles venues des abysses. Sur le chemin du retour vers la Capitale, ils emprunteraient la passe des Baleines. On dit que si les femelles viennent chaque année mettre bas et nourrir leurs petits avant de reprendre leurs errances vers le nord, c'est qu'elles se sentent ici chez elles. Sinon, comment expliquer que le récif prenne ici la forme de leur queue, visible sur les cartes comme l'étoile d'une constellation marine ? Du bout de leur monde, les marins de la Capitale reviendraient au crépuscule s'amarrer à leur ponton, le teint hâlé et le cheveu couleur paille, jurant que, quoiqu'il advienne, leur futur était bien là.

Le week-end, c'était demain, et les Îliens accroche-raient peut-être leur plate alu derrière le 4x4 double-cabine climatisé pour se précipiter en famille dans le petit coin de la Côte Cachée où les picots et les mères-loches n'auraient plus qu'à bien se tenir. Pas de concours à celui qui accumulerait les plus grosses prises. Pas d'inflation non plus sur le nombre de filets qu'on allait en tirer. Le non-dit s'immisçait jusque dans les glacières du week-end rapportées à la maison dont on stockerait le précieux contenu dans le congélateur trônant sous la varangue. Déjà dammé, mais on ne sait jamais. On réservera pour plus tard le plaisir intime, justement pas égoïste, de se nourrir de sa pêche, certain d'être le seul inventeur du trou où se cachent le perroquet mâle, vert et bleu bling bling et sa discrète femelle à la mode amish qu'on servirait cuisinés à la sauce bon-cœur pour sceller avec l'hôte de passage un secret à ne surtout pas divulguer. Ce serait bien suffisant pour que, tout éna-mouré de cette carte postale jusqu'alors inconnue, il jure de faire souche au bord du lagon et ne retourne jamais dans les glacis jurassiques de la lointaine Mère Patrie. J'en connais même qui savent les coordonnées secrètes de la patate de corail où niche la mythique lan-gouste corail et qui se feraient étriper vifs plutôt que d'avouer le point GPS de son antre souterrain. En plai-santant à peine, ils prétendent qu'ils se privent volon-tairement en attendant que naissent les générations d'après, pour aller, en apnée comme il se doit, piquer la matrone du clan, carapacée à souhait, servie plutôt que chassée, comme on offre en présent un gibier qu'on remercie d'avoir habité ses rêves.

À moins que les fusils ne soient de sortie sur les propriétés de la Chaîne. Et alors, ce serait aux cerfs et à leurs harems de se mettre en mode défense passive. Ils faisaient assez de dégâts dans les clôtures pour que leur chasse relève désormais d'une mission de service public. Autrefois, quelques couples avaient été importés d'Asie, façon arche de Noë, pour diversifier l'historique filière bovine et relancer la cote des fourneaux étoilés. Une activité économique nouvelle avait même profité de leur prolifique nature et bien des chefs les avaient élevés dans le top cinq de leurs cartes, quitte à les accommoder aux classiques modes vineuses de nos campagnes. Même la Résidente, Îlienne convertie et adepte de la proximité, supportrice assumée de son Résident de mari et donc femme politique de premier plan, en composait ses menus pour les députés en vadrouille. Ils seraient ravis de raconter, de retour dans leurs contrées automnales, qu'ils avaient atteint le nirvana de l'exotisme îlien.

— On dit cerf rusa, prononcez « cerfe » avec un « e », Monsieur le Sénateur, c'est une précision indispensable quand vous évoquerez votre initiation aux fondamentaux de l'Île avec les profanes rustiques de votre circonscription.

La nature l'avait emporté et il fallait désormais réguler l'enthousiasme reproducteur de ces bambis encombrants. De fait, les battues avaient vite été élevées au rang de sport citoyen, marqué du très consensuel tampon de la protection de la nature. Du coup, chaque chasseur s'était donné la bonne conscience d'un Tartarin qui aurait troqué sa voix de canebière et sa ridicule barbichette contre l'appeau des donneurs d'alertes et le poil dru de leurs visages bistrés. On dit d'ailleurs qu'il y avait alors plus de fusils que d'Îliens. Vrai ou faux, mystère. Reste que personne n'y trouvait à redire, sauf pour regretter le contingentement des munitions. Encore une décision imbécile de l'Administration décidément insensible aux enclos défoncés et aux parcelles dévastées. Dès ce soir, on allait donc allumer dans les monts les faisceaux surpuissants des phares à longue portée, boutiqués sur des Jeeps tellement retapées qu'on ne peut pas assurer qu'elles sont toutes répertoriées dans les livres du Service des mines. Et, *morituri te salutant*, on entendrait alors résonner l'écho des chevrotines figeant pour toujours le regard féminin des rusa, lentilles désormais éteintes au creux des herbes hautes et des niaoulis noueux.

D'autres Îliens enfin se bousculeraient à l'embarcadère du *Vomicho*, la navette qui reliait la Capitale avec l'Île aux Araucarias. Sobriquet pas très romantique, mais pertinent si l'on envisage ses vertus laxatives garanties lors de ses périples. Les jours de grosse mer, il fallait voir, à l'aube d'une traversée de plusieurs heures, les foules d'Îliens embarquer à bord de ce quasi-hydroglisseur, un vétéran des mers chaudes acheté d'occasion et défiscalisé en Indonésie ou au Maroc. Consentantes, pas moyen de faire autrement, ces familles se prédestinaient aux purges intestinales les plus mémorables et pourtant les moins décrites à ce jour par la Faculté. Ces navettes étaient le lien indispensable des Îliens de l'Archipel avec leurs familles et leurs clans. La Capitale les sustentait, leur Île les faisait vivre.

Mais pas de week-end au soleil de l'été austral pour le Résident. On l'attendait demain pour présider la commémoration du 11 novembre à la Grande Caserne, un avatar de monastère tout en arcades blanchies à la chaux, identiques à celles qu'on trouve dans les vieilles Colonies. Peut-être les reliques d'une histoire marquée jusqu'aux antipodes de la Croix et du Goupillon.

À quelques heures de ce rendez-vous avec les pompes et les œuvres de notre Mère Patrie, alors que jamais un souci domestique ne l'avait effleuré depuis qu'il présidait ses palanquées de manifestations officielles, le Résident s'enquit de la blancheur de son uniforme, classifié « Grand Blanc » dans la nomenclature sacrée de sa fonction. Un Grand Blanc tout juste agrémenté de la rosette et qui se devait d'être immaculé comme au premier jour de la République. Et ce vendredi-là, comme une inconstance qui aurait sournoisement assombri la perspective de lendemains placés sous les auspices d'un rassemblement patriotique, le cirage pourtant blanc de ses chaussures, blanches elles aussi, avaient taché de gris le bas de son pantalon et la couturière affectée aux boutons dorés de sa veste croisée y avait involontairement laissé quelques stigmates. Quant aux gants, blancs, eux aussi, s'ils avaient, selon l'usage, été habilement soustraits aux pognes vigoureuses serrées par dizaines lors d'une manifestation précédente, ils avaient eux aussi besoin d'un coup de propre avant demain matin. En résumé, il était impératif de redonner au Grand Blanc une virginité qui en faisait son poinçon républicain et au Résident la respectabilité que réclamait son rang. Pour la casquette, ça pouvait attendre.

La question posée à Léonce par la Résidente était donc la suivante : dans une Île désertée pour cause de week-end, où faire nettoyer l'uniforme du Résident à 7 heures un vendredi soir et le récupérer propre le lendemain matin aux aurores ?

Il n'y avait qu'un endroit où ce SOS pouvait être lancé à cette heure tardive, c'était au pressing de Mam, établi rue aux Dames en plein centre de la Capitale.

Mam travaillait six jours sur sept et parfois sept jours sur sept, quand, au crépuscule de jours plus longs que les autres, un paquebot haut comme une HLM s'amarrait face au soleil qui tombait dans le lagon et qu'il fallait, avant qu'il ne reparte le lendemain matin, blanchir les milliers de paires de draps et les nappes du bord marquées du sceau de la compagnie. Mam avait été la première à sentir le vent et à décrocher le contrat avec les croisiéristes. Jamais elle ne leur avait fait faux bond. Quand les immeubles flottants immatriculés à Nassau ou Mata-Utu montraient leur proue dans la Grande Passe, elle relevait ses manches et gare au concurrent qui pointerait le nez. À ma connaissance, aucun ne s'y est encore risqué.

En arrivant devant sa boutique, le Grand Blanc du Résident en boule irrespectueuse sous le bras, Léonce salua Mam comme une vieille amie. Tout les séparait, leur carrure, leur mise et les intonations de leur voix. Mais pas leur sourire ni l'attention évidente qu'ils se portaient mutuellement. Mam se montra curieuse du chauffeur de Léonce. Il me présenta comme le stagiaire de la Résidence. J'aurais aimé, au moins un instant, être le chauffeur du chauffeur du Résident. Avec Léonce, on aurait bien ri, mais je ne suis pas certain que Mam aurait apprécié. On ne se moquait pas ainsi de la France et de l'Île qui avait accueilli ses parents il y a bien longtemps. Accueilli n'est d'ailleurs pas le mot qui convient, car si une communauté avait dû s'accrocher pour acquérir le droit d'y vivre et plus tard d'y être reconnue par les Îliens, c'étaient bien les pères et mères de Mam que l'histoire avait poussés jusqu'ici depuis les rives du Tonkin à la fin de l'autre siècle, quand le premier boom du nickel nécessita l'arrivée de milliers de bras qu'on appellerait de toutes les colonies.

Comme les petits-enfants des bagnards de Poulo Condor et de Haïphong, ceux qu'on appelait les « Chầng Dâng », Mam était une enfant de la deuxième génération, sans doute née dans le Nord, sur les pentes du mont Nickel d'où l'on extrayait déjà la pierre verte dont se nourrissait la Vieille Usine à l'entrée de la Capitale. Ses pères venaient sous contrat pour cinq ans, travaillaient dans des conditions d'une totale inhumanité sur les mines aux noms désolés, Chagrin, Vulcain, Fantoche. Ils étaient payés au lance-pierres, immatriculés pour qu'on n'ait pas à prononcer leur nom, séparés de leurs épouses réduites à l'état de servantes et soumis au même Code de l'indigénat que les aïeux du Chef. Mais tant qu'il y avait la mine, ils avaient à manger. À l'issue de leurs contrats, certains étaient retournés dans le delta du fleuve, d'autres non et avaient choisi, volontaires ou faute de mieux dans leur pays, de faire souche ici. Les guerres succédant aux grandes dépressions, les faux espoirs aux bisbilles diplomatiques et les rapatriements d'office aux séparations déchirantes sur les quais de la Capitale, il fallut un demi-siècle pour que Mam et les siens puissent se dire Îliens, gommer la malédiction des Diables Jaunes soupçonnés de s'arroger le monopole du commerce et prendre leur place dans le mille-feuille du pays. Désormais, ils pouvaient aller sans crainte planter leurs bâtonnets d'encens devant leurs Anciens reposant dans les mines du Nord ou dans les camps abandonnés sur les rives de la Mer de l'Est.

Sous le brasseur couinant et son filet illusoire de fraîcheur, coincés dans les quelques mètres carrés restés libres entre les tringles de vêtements et les tas de linge propre sous cellophane, Mam et Léonce racontaient à leur insu un peu de leur Île. Leurs vieux avaient partagé le même sort autrefois. Ils se reconnaissaient, même si les mariages étaient rares entre leurs communautés et les enfants des « Chapeaux de paille », le plus souvent absents des grandes manifestations sur la place des Flamboyants. Mam portait dans tout son être l'histoire des engagés du Tonkin. Mais elle n'en parlait jamais. Ou alors pour souffler, pas peu fière, la réussite de ses enfants et de cette troisième génération qui pointait pleine d'entrain dans le peloton de tête des affaires de la Capitale. Elle-même, à ce qu'on disait, avait investi dans quelques commerces, femme d'affaires toute menue derrière le comptoir de son pressing, hymne vivant au travail commencé tôt le matin et fini tard le soir, même quand le Résident ne lui confiait pas en catastrophe son Grand Blanc d'apparat. Après tout, disait-elle à Léonce, ses cousins avaient bien nettoyé les uniformes des troupes américaines en 42…

À mon tour, en prévision des Conseils du lundi matin et devant mon inaptitude définitive à la lessive dans le lavabo de mon petit studio, je trouvais bien commode de confier mes chemisettes à Mam. Elle me l'avait d'ailleurs proposé, comme une prestation annexe au marché de la Résidence auquel elle tenait comme à un devoir rendu à sa propre histoire. Je passais les reprendre le vendredi soir, parlais avec elle, tentais d'ébrécher ses souvenirs enfouis pour profiter de son incroyable confiance en la vie. Mais en vain. Pas plus qu'à ses enfants qui, chacun dans leur partie, faisaient de fort belles carrières, elle ne me livra une once de son histoire ni celle de ses parents. Pour ne pas mettre de la haine dans les cœurs, disait-elle dans une ultime confession. Parler du passé rendait l'avenir si fragile. Et l'Île n'en avait pas besoin. Dans un restaurant voisin ouvert aux quatre vents, point de convergence incontournable du Tout-Île, elle cuisinait pour les amis, les hommes politiques échappés de tous les bords des hémicycles, les touristes guides en main, les fonctionnaires ou les commerçants du quartier. J'y ai même croisé la Résidente venue s'asseoir devant le *bo-bun* de légende, servi sans manières, seulement cette discrète attention calculée pour être invisible. Absent de la carte, un iconique perroquet à la vapeur que Mam allait chercher pour moi au marché du port et qu'elle oubliait souvent de me faire payer. Léonce me disait que j'étais bien le seul, dans toute la Capitale, qu'elle autorisait à ne pas lui régler ses factures au comptant. C'était donc le signe que Mam m'avait adopté. Je n'étais pas chez moi, mais presque. Aujourd'hui encore, je sais qu'elle garde au pressing mon numéro de client. C'est le 50. Elle ne le donnera à personne d'autre que moi, a-t-elle promis quand, plus tard, je viendrai lui faire mes adieux.

Les mois passaient et ma condition de stagiaire ne me décevait jamais. C'était même le contraire. En plus de son agenda et de ses dîners, quelquefois des PV de ses réunions avec les associations d'Îliennes, la Résidente m'avait, à l'occasion, demandé de jeter un œil sur les devoirs de ses enfants. D'un deuxième mariage, ils étaient nés sur le tard et n'avaient pas eu le grand frère espéré. Le Résident avait fait semblant de ne rien voir de mes prestations de répétiteur, histoire de manifester discrètement à son cadet de la Grande École la proximité bienveillante qu'il ne pouvait afficher publiquement. J'y voyais naturellement une marque de confiance, mais savais aussi que je ne bénéficierais pour autant d'aucune absolution en cas d'initiative trop hardie dans l'exercice de mon contrat. Et qu'accessoirement ma note de stage n'en serait nullement modifiée. Ce qui me convenait fort bien.

Je multipliais aussi les missions en compagnie de Léonce. Je crois que, à notre manière, nous étions devenus amis. Nous eûmes bien souvent les conversations que j'espérais. Les silences qu'il m'avait appris à respecter et que j'accentuais benoîtement l'intriguaient. Et à chaque inquiétude qu'il manifestait discrètement sur ma santé ou mon moral, ma famille au loin ou ces jours de repos encore remis à plus tard, je m'engouffrais dans la brèche et le relançais de manière innocente sur les légendes des monts et du lagon, les tensions qui crispaient l'Île et les espoirs qu'il nourrissait pour son pays. Léonce n'était pas indépendantiste. Sa longue fréquentation des fonctionnaires de la colline aux Balbuzards y était-elle pour quelque chose? Je ne le pense pas. Ou bien le Chef ne l'avait-il pas suffisamment rassuré sur l'avenir qu'il espérait pour l'Île? Il ne me le dit jamais. Léonce respectait trop son cousin pour s'aventurer, même en petit comité, dans le courant d'une rivière qui aurait pu l'emporter. Il appartenait en fait à une génération d'Îliens qui ne s'interrogeaient qu'en silence. Pas par manque d'imagination ou de courage, qui ne lui faisaient pas défaut, mais parce que sa vie et celle de ses pères avaient toujours été celle-là, en tous cas à l'échelle de la mémoire vive, une existence faite de bon voisinage, quelquefois de complicité, voire d'amitiés, en tous cas pas de la haine ni de l'indifférence vacharde qui assèchent les sentiments. Non, la vie qui va, pour certains seulement, plus riche de l'illusion d'éternité que confère l'appartenance aux peuples premiers. Mais Léonce n'en faisait pas un étendard.

Sur la route des villages de Brousse, combien de fois nous sommes-nous arrêtés le long de la baie du Carénage où ses vieux avaient poussé à la perche les antiques chalands débordant de minerai vers les cargos qui attendaient plus loin au mouillage. Au cours de nos conversations, comme autant de parenthèses volées à mon contrat de stagiaire, Léonce aurait facilement pu entonner l'air de la Colonie, les yeux humides et les pensées de travers. Non, il ne s'est jamais plaint du temps présent, pas plus qu'il ne regrettait le temps passé. Mais je crois qu'il n'aimait pas celui que l'Île se préparait. Dès lors qu'on quitte la Capitale, me disait-il, les Îliens se ressemblent : ils cultivent les mêmes champs, élèvent le même bétail, font leurs courses aux mêmes boutiques et leurs enfants fréquentent les mêmes écoles. À force de mélanges, même la couleur de leur peau les rapproche. D'ailleurs, comment la définir ? Et est-ce bien nécessaire de le faire ? On dit Îlien, ou métis-Quelquechose-Îlien sans trop savoir si c'est exact ou même important tellement nos branches sont entremêlées. Parfois, racontait Léonce, ils se retrouvent en pique-niques géants dans la propriété de l'un d'eux et ils s'étonnent d'appartenir à une même famille. À force de les côtoyer, j'observais que seuls de lointains chromosomes restent saillants pour les différencier. Ils ne cultivent pas les mélanges pour se conformer au discours unique sur le métissage obligé, au politiquement correct ou à la « théorie des frottements imposés » des éditorialistes modeux. L'histoire est passée par là, et l'habitude a fait le reste. Leur altérité n'est pas une contrainte. Ils sont bien en amont du dogme. Leur Île est gouachée, ses pigments sont pastel, simplement plus sombres au soleil de la saison chaude ou du côté de la Mer de l'Est. Ce qui, de prime abord, rendait incompréhensibles les tensions qui empestaient l'air de l'Île.

En confiance, moments précieux pour moi, Léonce me racontait ses enfants et petits-enfants rentrés de Toulouse ou de Montpellier une fois bouclées leurs études et vaincues de longues années loin de chez eux. Ils étaient revenus dans l'Île en craignant que leur histoire s'écrive sans eux et il était temps de la réinvestir, par la force si nécessaire. Léonce les comprenait, à la façon d'un père qui écoute ses enfants. C'est vrai que l'Île devait réserver une place à chacun, et que la terre rouge des monts leur appartenait aussi. Mais la façon de la revendiquer, il ne la comprenait pas. Trop étrangère aux préceptes de ses vieux moniteurs de la Mission.

Le long de la route de la Mer de l'Ouest, nous faisions aussi halte chez Madame Manu pour son inimitable café, bien chaud, disait-elle, puisqu'il coule depuis ce matin. Son restaurant ressemblait à un saloon du Far West, avec sa varangue, ses persiennes et ses croisillons de bois. La grande salle à manger croulait sous les trophées de chasse de son mari, collectionneur compulsif de centaines de casquettes qu'il suspendait au plafond comme des roussettes. On dit aussi que les fusils s'entassaient dans sa vieille écurie, au cas où. Mais personne n'en parlait vraiment. Et le stagiaire du Résident n'était pas le premier à qui les montrer. Le soir, persuadée que ces denrées avaient disparu des tables branchées de la ville, ce qui n'était pas faux, Madame Manu nous laissait au fond de son appentis resté ouvert un cuissot de cerf ou un bouquet de chevrettes emballés dans un grand torchon blanc. La Résidente régala combien de convives avec les gibiers et les crevettes sauvages de Madame Manu…

De Léonce, j'appris aussi l'art de solliciter le droit de fouler la terre des amis du Chef. Il m'a montré les gestes essentiels qu'on attend du visiteur et la considération qui devait se voir dès les premières salutations. Ainsi, baisser les yeux n'est pas un signe de désintérêt, pas plus que de rester en arrière de ceux qui se parlent, mais bien des marques de respect. Je me suis vite familiarisé avec ce que j'appelais le bonjour-en-spirale, le talent de parler en rond, de tout et de rien, sans pleins ni déliés, de l'air du temps, de la saison humide qui tardait, de la piste en mauvais état, de la famille qui allait s'agrandir, de la maman hospitalisée et du fils « aux études » en France. Je veillais aussi à ne pas arriver sans prévenir sur les stations, les mains vides ou avec l'air du stagiaire en mode voyage officiel. Ce furent mes visas pendant toutes ces missions : une commande de médicaments rapportée de la Capitale, quelques hebdomadaires, un petit cru de Bordeaux ou un carton de bière, c'était bien mieux que la cocarde tricolore sur la vieille Peugeot. Ici, les Îliens me connaissaient, mais ils attendaient pourtant que soient respectés ces usages, accompagnés d'un geste convenu chez les amis du Chef, d'une poignée de main chez ceux du Leader. Après, mais après seulement, les sentiers étaient ouverts et on n'excluait rien, pas même les fâcheries.

Si ce n'étaient le rythme inversé des saisons, la légèreté des nuées matinales, le jour tombant plus tôt, l'odeur entêtante des tortillons antimoustiques, le cri des margouillats sous les varangues ou la couleur du ciel associée à celle de son océan, tout dans l'Île aurait pu l'apparenter à une campagne de l'autre côté de la mer, la moiteur des soirées d'été, le vent annonçant la pluie, la vie sans manières qui tissait sa toile, ses habitants à la recherche d'un laborieux bien-être entre les creux et les bosses qui couturent nos bonheurs simples comme autant de monts et de merveilles.

Au fil des jours, plus rien n'apparaissait pourtant comme évident. Le Résident allait de plus en plus souvent à Paris. Les affaires de l'Île se réglaient place Beauvau et même au Château, tant c'était du sens de l'histoire qu'il s'agissait plus que de quotidienne administration.

Dans une fidélité coûte que coûte préservée, mon intimité avec l'île-Chimène restait bien sûr le sanctuaire le mieux gardé du monde. Mais, comme à contrecœur, au fil des incidents qui se multipliaient sur les propriétés et dans les villages, au rythme des débats tournant court dans les Assemblées de la Capitale et des abîmes qui se creusaient dans les cœurs, je me surpris à penser qu'elle perdait par pans entiers sa magie jusqu'alors intacte. Dans un film en temps réel dont elle aurait égaré le scénario et mélangé les dialogues, je redoutais qu'elle devienne un pays dont l'histoire ne serait plus qu'une juxtaposition d'histoires, pas toutes à raconter. Sa fragilité me rassurait sur son potentiel de bonheur, mais distillait aussi des ombres portées sur chaque instant de la vie.

L'Île au tempérament sismique se mutait en ombrageux théâtre d'incompréhensions, de silences, de rancœurs collectives et de douleurs s'infiltrant partout comme un virus malin. Dérive d'autant plus insidieuse que, comme me le répétait Léonce, rien ne venait apparemment polluer les relations individuelles entre les Îliens. Ils pensaient encore pouvoir bâillonner la crise d'adolescence qui empoisonnait leur pays, en venir à bout, dans le désordre peut-être, pourvu qu'ils en sortent rassurés sur leur avenir.

Ma meilleure amie devenait sa pire ennemie. Mon Île découvrait qu'elle devait se résoudre à la prosaïque dimension humaine dont elle avait feint de pouvoir s'exonérer, toute occupée à devenir unique, un spécimen autosélectionné assez fort pour repasser à sa main les plis de l'histoire.

Peut-être commençait-elle à soupçonner que son magnétisme naturel pourrait brutalement se retourner contre elle. Ou comme une épreuve initiatique imposée par la réalité, sans doute regrettait-elle déjà que son endémisme ne puisse pas indéfiniment la protéger des soubresauts de la vie, que ses clés secrètes ne pourraient pas pour toujours lui garantir sa bonne mine d'Eldorado.

Finalement, s'il me fallait raconter cette histoire, tout juste trente ans après, je sais que je n'y changerais rien. Ou seulement quelques détails. Pour ne pas avoir à réécrire la vérité quand celle-ci ne m'arrangeait pas, me donner le beau rôle quand je ne le méritais pas, arrondir quelques lâchetés passagères ou faire passer à la trappe ma naïveté légendaire face aux accidents pourtant les plus prévisibles de l'existence. Mais rien de bien essentiel.

Je repartirais la fleur au fusil pour les mêmes galères, les longues maraudes sur la planète et les mêmes coups de cœur qui fabriquent une vie en quinconces. Je m'enticherais des mêmes êtres, des mêmes lieux et des mêmes odeurs. Et je succomberais aux mêmes délires, la tête en bas au tombant d'un récif des Tuamotu ou accroché, le cœur au bord des lèvres, aux barreaux de la prison syrienne où l'on m'avait jeté, un soir un peu chaud qui m'avait fait prendre des photos interdites le long d'une frontière en guerre.

Je ne changerais rien aux années de cendres que l'Île allait connaître, sauf la douleur des familles déchirées, les stations pillées et les tertres endeuillés. Je ne jetterais rien des cris de ceux qui s'accrochaient à leur terre et cherchaient les moyens d'en vivre. Pas plus que leurs silences.

Tout juste retiendrais-je, pour préfacer le livre de maximes qu'il me reste à écrire, ce que le Leader m'avait dit un soir de couvre-feu. Cela parlait de pays unique au monde et du danger de voir s'emballer une histoire aussi rare que les plantes endémiques de la chaîne centrale, aussi précieuse que les secrets dont elles sont entourées et que les miracles dont elles sont capables.

Je ne retoucherais rien au jour qui bâille doucement au-dessus des monts pour dire que la matinée sera belle et le coup de pêche historique dans le lagon. Je laisserais faire l'alizé qui paresse encore, mais qui va monter vers midi, avec la marée pour ne retomber qu'au soir ramenant des îlots du sud les grands voiliers blancs gonflés d'orgueil.

Je resterais là, muet, les yeux plantés dans les cieux plombés de la côte de la Mer de l'Ouest. Et pendant des heures, je me demanderais la recette de leur gris lumineux, tout juste assorti au vert mouillé des prairies et au blanc des troncs si torturés qu'ils font passer les paisibles niaoulis pour des bouleaux en colère.

Je ne changerais rien non plus à la nuit tombée tôt, ce soir de cyclone dans le Nord, aux ombres cachées dans les cases silencieuses et à la chaleur maternelle de la Tribu du Bord de Mer. Pour rien au monde, je ne manquerais ces minutes uniques où, sans complètement s'éteindre, les flammes entre les pierres en rond laissent la place aux tisons. Quand les secondes s'égrènent sans qu'on ait à les justifier ou à chercher la pendule où chacun s'obligerait à lire la même heure. Quand le silence précède d'autres silences, que les pensées disent non, mais s'emballent quand même, que les mots égratignent les convenances et que s'avance l'exacte prescience de ce qui va advenir.

À des années de distance, je ne vois toujours pas ce qui aurait pu changer l'histoire. Rien ni personne ne pouvait aller contre. Sauf peut-être le poids de la Coutume de l'Île, qui interdit, plus qu'elle n'autorise, et qui punit, plus qu'elle ne prévient. Ce qui en fait le prix pour certains, le danger pour d'autres. Et la loi pour le Chef et ses semblables. Elle participait tellement au quotidien de l'Île que je n'avais pas osé l'évoquer pendant la soirée, lorsqu'entre deux silences, les conversations avaient roulé sur Lisa désormais loin dans le sud, les bêtes en perdition qu'il faudrait rassembler, les levées de tarots qu'il faudrait réaligner et le mariage qui se préparait dans le clan voisin. J'avais bien fredonné autour du feu de bois les airs de folklore américain de Patrick accompagné de sa guitare, mais pas plus. On ne profite pas de l'espace de ceux qui vous accueillent pour jouer les ethnologues de pacotille, les passer à la question, la *cravate club* à peine desserrée et le costume Prince de Galles assorti à ses propres certitudes, tout juste déplié du sac Vuitton acheté en duty-free.

Pour avoir été adopté dans l'Île, je n'en étais pas moins un étranger et je ne trouvais rien de plus détestable que ces visiteurs se faisant fort d'enseigner leur propre histoire aux gens d'ici. La chronique du pays regorge de ces colons aux idées courtes et cheveux pas propres s'imaginant adoubés à force de compromissions et de démagogie. Alors, je m'étais tu, parce que l'irrespect, à ce moment précis, aurait été de laisser croire que je pouvais contrôler une situation qui en réalité m'échappait.

Ces heures qui avaient fait basculer mon existence sont restées uniques dans toute mon histoire. Elles ne se sont jamais reproduites, ni là ni ailleurs, ni plus tard ni jamais. Et, aussi incroyable que cela va paraître, je n'en ai aucun souvenir précis. Du moins si l'on donne au mot « souvenir » son sens commun. À tel point que si l'on m'avait un jour demandé des comptes, j'aurais été incapable de les décrire avec cette précision d'entomologiste qui faisait de moi, dit-on, un bon observateur. Comme lorsqu'un long coma vous a mis hors circuit pendant des années et qu'il faut se faire raconter la parenthèse par des amis compatissants et inquiets de tout ce temps qu'il va falloir rattraper.

La mémoire est très insuffisante. La mémoire, d'habitude, c'est la surface, le dessus de la casserole qui déborde quand le feu est trop fort. Mais ici, c'est d'un autre ordre, d'une autre dimension. La mémoire exacte, comme on dit « l'oreille absolue ». Le disque dur de la machine. Tout est incrusté de façon indélébile dans mon cerveau et dans mon corps, comme un symbole initiatique qu'on m'y aurait tatoué, la marque d'un sceau magique, celui des chevaliers de la Table Ronde cachant les lourds mystères de la mangrove de l'Île.

Ou alors c'est que la mémoire n'y est pour rien. J'ai toujours vécu avec ce qui va suivre. Alors, à quoi m'aurait servi la mémoire ?

À mille lieues des schémas dérisoires de la littérature exotique, pour la première et dernière fois de mon existence, je m'étais vu ce soir-là approcher un corps dont je ne pouvais même pas, et pour cause, imaginer jusqu'aux formes, cachées sous les amples robes mission que les femmes se confectionnaient avec des tissus colorés bordés de dentelle blanche.

J'avais prévenu. Il faut simplement lutter contre la tentation de réécrire l'histoire. De l'embellir pour la circonstance.

En accord parfait avec moi-même, je jure aujourd'hui que je ne changerais rien à la couleur sombre de sa peau, à son grain d'Alcantara, à son regard un peu désemparé quand vint l'évidence, mais ensuite si serein quand celle-ci s'imposa.

En silence, je me livrerais au même combat intérieur et j'essaierais de partager le sien, inquiet et attentif. Comme en avion, lorsque je m'escrime à savoir où j'en suis du voyage en faisant mon point virtuel sur la carte, je m'attacherais encore à situer avec exactitude le sanctuaire secret où je m'étais laissé emmener. Je chercherais à identifier les odeurs mélangées de la terre, bien présentes, et celles de la vie, plus poivrées. Je garderais les yeux bien ouverts pour ne rien perdre de la danse des ombres sur les feuilles de pandanus tressées entre les chambranles de la case. Je recomposerais la géométrie du toit végétal et l'arrondi imparfait de la charpente de bois. Je conserverais, sans vouloir l'accélérer, l'exact tempo des heures. Et je retrouverais, sans en chercher longtemps la formule, l'alchimie inédite de ces instants.

Je me souviendrais du silence tout juste entamé par les chuintements de la mer toute proche et les crissements de la cotonnade sous ma main qui en ignorait jusqu'à la texture. Je conserverais intacte l'immense longueur des gestes, leur incroyable complexité, leur hardiesse mal retenue, leur pudeur juvénile. Et je me moquerais même de ma propre incrédulité.

Je ne changerais rien à la commissure de la bouche, aux yeux baissés. Ni à l'incroyable volonté qu'ils disaient pourtant, loin de toute contrition, de toute culpabilité, de toute innocence.

Si c'était à refaire, je ne recalculerais rien. Ni le trajet de mes doigts le long du pli tracé par la vie entre le haut du front et la racine des cheveux, ni mon regard sur la saignée de la lèvre supérieure, celle qui exprime tout, même à son insu, ni mes détours vers le dos étroit et les reins en fil à plomb qui leur donnaient leur troublante prestance, ni ce silence librement consenti qui remplissait l'espace le plus secret de l'Île.

Je garderais l'incroyable fragilité des sens, la peur soudaine de les galvauder, de tomber dans le dérisoire ou le grotesque. Je revendiquerais ma maladresse et je referais ces gestes mal assurés que ne connaissent que les vieux amants qui s'aiment pourtant. Je sourirais, mais juste des yeux pour ne pas l'effrayer. Je n'aurais toujours pas le sentiment du bien ou du mal. Je serais moi, pas moins, juste un peu mieux, avec l'exacte connaissance de qui j'étais, où, quand et comment s'était écrite l'histoire.

Et j'aurais enfin la certitude qu'aucun regret ne viendrait me hanter trente ans après, puisque nul malentendu ne pourrait jamais la brouiller.

Aux mêmes heures d'un jour d'automne austral aux allures de pirouette facétieuse, l'histoire s'accéléra brutalement : l'Île poussa une lourde porte, sans savoir ce qu'elle allait trouver derrière. Dans le plus rebelle des villages de l'Archipel de la Loi, le Chef mourut sous les balles d'un de ses compagnons qui refusait d'emprunter le chemin de paix entamé depuis quelques mois avec le Leader. Dans ces circonstances tragiques, c'est bien peu de choses, mais c'est aussi ce jour-là que prit fin mon année de stage chez le Résident. Échéance que j'avais occultée à la façon des autruches, histoire de conjurer le calendrier.

Et ce même jour, en fin d'après-midi, à l'autre bout de l'Île, une enfant était née dans l'intimité du dispensaire de la Tribu du Bord de Mer. Une enfant du ciel, avait-on dit. À la manière îlienne, ses tantes l'avaient adoptée et le pasteur du village l'avait bénie en lui donnant un prénom qui rassurerait sa famille et devait la protéger toute sa vie.

C'était exactement le moment que je redoutais depuis mon décollage de l'Île. Et je sentais bien que je n'y n'allais pas y couper. Les balises bleues...

Dans la cabine du vieux 747 transformée en capharnaüm, les trois ou quatre cents passagers embarqués trente heures plus tôt s'étaient instinctivement réveillés bien avant le début de la descente vers Roissy. Ne sachant plus si c'était soir ou matin, ils affichaient des airs de routards dessalés plus ou moins ragoûtants, les plus hardis avec leurs oripeaux à fleurs qu'ils porteraient jusqu'au tapis à bagages, comme pour se convaincre eux-mêmes dans l'aéroport encore désert qu'ils venaient réellement de l'autre côté de la Terre.

Par grappes, ils avaient commencé leurs allées et venues compulsives vers les toilettes de l'avion. Des files s'étaient formées à chaque tambour, les enfants sautant sur place pour conjurer de probables catastrophes et les mères suppliant le ciel de voir réduites à l'essentiel les ablutions matinales de la dame tout juste entrée devant elles dans le cabinet exigu et moite.

Qu'on me comprenne bien, pas d'orgueil ici. Ce n'est pas ma nature. De toute façon, les Îliens m'en auraient opportunément débarrassé. Et pas question de faire de sitôt offense à Mam, à Patrick, à Léonce, à l'Inconnue ni à tous ceux salués sur les chemins de l'Île, marchant d'un pas nonchalant entre nulle part et nulle part, le long de la Route Transversale ou sur la crête du Grand Col dont je respirais encore le vent. Non, je ressentais juste une grande mélancolie, la certitude d'une occasion manquée, une colère sourde contre moi-même qui me faisait tout prendre de travers et me rendait peu amène envers mes semblables, sans doute aussi tire-bouchonnés que moi dans cet avion qui me ramenait à Paris. En temps accéléré, je réalisais que j'allais désormais devoir réexister à rebrousse-poil alors que, tout au long de mon année chez le Résident, la vie m'avait plutôt caressé dans le bon sens, du cœur vers la tête, sans autres contrariétés que celles que je m'imposais à moi-même. Et rien dans cet avion ne pouvait combler cette faille intime qui vrillait en moi et que personne, pas même l'hôtesse compatissante, ne pouvait imaginer tant mon visage devait être impassible et mon air absent. J'étais soudain orphelin de ma famille de cœur. Tout, maintenant, me semblerait vain, puisque mon regard ne pourrait plus croiser ceux que j'avais faits miens. Mais que faisais-je donc ici, au beau milieu de cette cabine en jachère, dans cet avion transformé en gigantesque dressing-room ? Et que dire de cette dame qui depuis de longues minutes, se tortillait dans son siège, les bras en croix dans le dos à la recherche de son soutien-gorge en bataille sous le jogging avachi et souillé du dîner d'hier soir. Après s'être mélangés pendant trois dizaines d'heures avec de parfaits inconnus, après avoir partagé avec eux le couvert et quasiment le coucher, je pouvais juste prier pour que le Bon Dieu des commandants de bord exauce mon vœu le plus cher : qu'il impose le silence. Lui seul laisse aux aventures le temps de s'achever. C'est le prix qu'il faut exiger en échange de la promiscuité. Compris dans le billet, même en classe touriste.

Alors, nom d'une pipe, qu'on me laisse en paix, plié en fœtus dans mon siège étroit ! Au moins le temps de me resynchroniser. De recoller les morceaux, surtout lorsque, comme les miens, il y en a partout, en lambeaux éparpillés au fil de tout ce temps passé dans l'Île laissée hier. Ou avant-hier, je ne sais plus. En tous cas depuis assez de temps pour que se conjugue maintenant au passé décomposé ce qui avait été mon présent.

Pour l'heure, engoncé dans ce désordre parfait qui empêchait tout à l'heure jusqu'à la valse des stewards et des chariots du petit déjeuner, je cherchais sans conviction à retarder le moment fatal où allaient apparaître les lumières de Roissy. Comme des lemmings aveugles du haut de leur falaise, anoraks et manteaux se vidaient des coffres et tombaient en chiffons sur les rares passagers qui, comme moi, tentaient de garder les yeux fermés. Des centaines de tasses d'un mauvais café avaient été servies par des hôtesses qui, comme de bien entendu, feignaient d'ignorer mon humeur massacrante. Elles n'insistèrent pas non plus devant mon refus poli de me coltiner leurs laitages crémeux empestant de leur haleine tiédasse mes narines pourtant normandes. Des tas de miettes d'improbables viennoiseries jonchaient la moquette. Jusqu'aux jus lyophilisés constituaient une injure à l'esprit. Mais c'était pris en charge dans la pension complète : Monsieur et Madame Lepéquin, rangée 89, sièges J et K, ont donc, comme tout le monde, ingurgité le café lavasse, les croissants congelés, le yaourt au goût de baratte et l'orange chimique. J'avais sans doute faim, mais les spasmes dans mon ventre et les bleus imaginaires sur mon plexus m'empêchaient d'avaler quoi que ce soit.

Bien avant qu'une voix supposée exotique, ou tapissée de tabac, annonce pêle-mêle l'heure locale — très matinale — annone la température extérieure — frisquette — et récite machinalement la leçon lancinante sur le plaisir évident qu'on aurait de se revoir un jour sur les lignes de la Compagnie, je savais ce qui allait me faire peur. C'était la lumière blafarde des balises bordurant la piste, signes initiatiques d'un artiste intersidéral qui me dirait la bienvenue. Leur approche lente, dans mon imagination d'abord, puis pour de vrai. Des bruits auraient pu faire l'affaire. Mais non, allez savoir pourquoi, c'étaient les balises des aéroports. Elles me servaient de marques personnelles, de signes de piste, de fanaux. Et j'ignore encore pourquoi, c'était elles qui allaient encore me coller le bourdon, alignées comme des sentinelles myopes dans leur faisceau de brume.

Pendant toutes ces années, où que me posent les avions dans le monde, elles ont toujours déclenché en moi le sentiment très fort d'être réellement quelque part, de me situer physiquement sur le globe. D'exister en temps réel. Pas en play-back. Mais « en live », comme on dit dans les bandes-annonces avant le journal télévisé. Avant de les apercevoir, je plongeais dans la revue de la compagnie glissée dans le dossier du siège et y cherchais le pays, puis la ville où j'arrivais. Et lentement, avec gourmandise, je retraçais la route parcourue depuis le dernier décollage, comptant les frontières comme autant de trophées conquis de haute lutte.

Ces voyages intimes sur dépliant glacé nécessitaient de la retenue. Car je gardais pour plus tard, comme un plaisir diffus, une jouissance différée, le moment où apparaîtrait l'escale suivante et avec elle d'autres balises bleues, le long d'autres pistes. Dieu merci, leur code est universel. Plus commode pour se poser les questions les plus excitantes du moment. Serait-ce le jour ou la nuit ? Déjeuner ou dîner ? Midi ou minuit ? Neige ou soleil ? Quelle terre survolerons-nous ? Quelle faune, quelle mer, quelle forêt ? Quelle langue y parlera-t-on ? Regardez : on va se poser à San Francisco et l'océan est encore si bas à travers la nuée que l'œil doit s'y prendre à deux fois pour ne pas le confondre avec le ciel. Et ces sillages blancs, sont-ce les barques des pêcheurs d'Osaka qui arpentent en désordre un delta si pollué qu'aucun poisson vivant ne l'habitera plus jamais ? Ou plutôt les chalutiers de Lesconil qui se précipitent par grand frais vers la criée, ou plutôt son mirage, le long du Stër Nibilic où le flot va s'emparer de la rivière et réanimer les corps morts ? J'aimais particulièrement ces moments où, rampant sur la couche matelassée des nuages, le hublot pour cadre restreint et le verre de chasse-spleen pour niveau de maçon, je sentais très exactement la translation des corps sur le planisphère. Quand Monsieur Lepéquin, rangée 89, siège J, dit : « Regardez, rien ne bouge » alors qu'on déboule à 900 kilomètres heure vers Palerme, le corridor de Suez et les grands brasiers du sud. Quand, en phase d'approche, on est déjà si bas qu'on peut compter les caisses agglutinées sur le pont des cargos, et si haut qu'on participe encore à la rotondité de la Terre. Qu'on fait mine de contrôler nos certitudes alors que l'horizon courbe nous convainc qu'aucune fuite n'est décidément possible. Qu'aucune vanité n'est réellement envisageable.

Et l'avion qui glisse en lisière de nuit part au lof vers le Japon dans un triangle olympique à l'échelle de la planète. Son cap relève davantage de la maraude que de la route commerciale. Il a volé plein nord en quittant les rades boueuses du Japon. Puis il a attaqué les plaines ocre de la Sibérie. Sera-ce suffisant pour virer la bouée rouge de Khabarov, ou bien faudra-t-il tirer un autre bord ? Vent de face. 133 kilomètres heure. Nord-ouest. Ça devrait le faire. Entre l'Île et nulle part, la nuit en sinusoïdale dans le noir bleuté de mes paupières closes. Le reste de la planète dans la clarté.

Les Îliens noctambules vont se coucher. Les Américains se lèvent tout juste sur les rives du Potomac. Les Parisiennes en tailleur terre-de-Sienne finissent de déjeuner sur les terrasses automnales de Passy. Et moi, en partance de l'Orient, je suis encore dans l'ombre du lendemain. Mais je vais déjà plus vite que le jour. Celui qui se lèvera tout à l'heure sera plus court si l'avion choisit une route de la Sibérie russe. Plus long s'il pointe l'Alaska américain.

6 h 55 locales. La mer est peinte en blanc. D'après mon *road-book* personnel, nous survolons la Scandinavie. Ici, le vent est tellement violent qu'il laisse sa trace sur le sol gelé, dessinant des éventails monochromes dans les champs tirés au cordeau. Les plages

sont de neige, comme hier elles étaient de sable. Le lac de Pskov est gelé. L'avion se penche. J'en profite pour vérifier que les ressacs tétanisés de froid sont bien en place et redeviendront vagues quand l'été sera revenu.

Puis le découpage rectiligne des champs de Hollande, les canaux bordant au carré les étangs volés à la mer, tout juste interrompus par les ouvrages humains, quelques écluses qui ralentissent le voyage des longues péniches sorties de la légende. On est embringué dans la vieille Europe. Le jour se lève à Paris. On est samedi et les voitures se bousculent sur le boulevard périphérique.

Conserver les ceintures attachées jusqu'à l'arrêt complet de l'appareil. Mais, Madame la chef de cabine, que sais-tu de mon Île de l'autre côté du Grand Océan, de la Tribu du Bord de Mer et de l'Inconnue aux cotonnades fleuries bordées de dentelle blanche ? Imagines-tu une vie qui chavire, avec tes mains en cyclamens, ta quarante-cinquaine diaphane, tes dix commandements en boucle que personne n'écoute et ton envie bobonne de rentrer chez toi ?

Assommé par le bourdonnement de mes oreilles qui décompressent douloureusement, je sens bien que pour la première fois de ma vie, le générique final de l'épisode n'est pas lancé que déjà le suivant s'annonce. Imprévisible et sombre, je le savais déjà. Mais pas pour les raisons que j'imaginais.

On est toujours un enfant quand on tient la main de son père. Le mien, à la fausse douceur angevine, m'avait appris les choses indispensables : plier une veste dans ma valise, rentrer ma chemise dans mon pantalon plutôt que dans mon caleçon, tirer mes chaussettes sur mes chevilles, ne pas oublier de parfois lever les yeux au ciel pour voir au-delà des apparences, respecter les petits vins de propriété autant que les grands crus hors de prix, éviter de toucher du goulot de la bouteille le verre que l'on sert, ne pas tricher, plus généralement garder mes effusions pour moi et ne rien faire que je puisse regretter un jour.

J'avais tout raté. Pas tant le pliage de mes costumes que je réussissais sans coup férir, en partance pour tous les postes auxquels mon métier m'appela pendant toutes ces années. Pas plus mon goût pourtant raisonnable pour les vins de Varrains qui composaient l'essentiel de ma cave et accessoirement l'attention que j'apportais à les servir à propos. Quant à étaler mes émotions, très peu pour moi. Les grandes douleurs ont ceci de commun avec les grands bonheurs qu'elles sont toujours muettes. Au risque de faire imploser le cœur. Mais c'est bien, aussi, de parfois se priver de dire les choses. C'est stupide, mais c'est bien.

Non, mon erreur, la faute dont je ne mesurerai jamais les vrais effets avait été de quitter l'Île. Car cette fois, je ne m'étais pas simplement éloigné. J'en étais parti. Avec la certitude que ce qui s'était écrit était gravé dans la pierre, dure au temps, mais douce à la main. Comme lorsque j'avais emprunté la route du bord de mer, il y a longtemps, et croisé l'Inconnue aux cotonnades fleuries bordées de dentelle blanche.

J'ai tout gardé d'elle, de nos chemins qui s'étaient croisés sans crier gare, de notre conversion secrète, impromptue, simple et précieuse. Je ressens toujours en moi le vide que son départ a laissé et je sais sa trace silencieuse dans les allées soignées du village du Bord de Mer. Aurais-je dû la poursuivre, ou simplement la revoir, alors même que son éclipse soudaine ressemblait fort à une fuite, la seule issue possible d'une histoire qui devait rester intacte, un signe qu'elle m'envoyait et que je devais impérativement respecter ? Aurais-je dû l'envahir, la coloniser, lui imposer une présence qui l'aurait encombrée, qui l'aurait mise en danger, peut-être, elle qui avait dû faire de notre rencontre le moment le plus secret et finalement le plus emblématique de sa jeune vie ? Ou l'avait-elle vécue comme une cruelle et douloureuse intrusion dans le fil de sa tranquille histoire, une déchirure dans la lente chronique des amis du Chef ? Un jour, si le hasard ne me le refuse pas, je le saurai. Car aujourd'hui, je n'ai pas la réponse à ces questions. Mais pendant toutes ces années, l'Île, ce fut Elle, la tranquille certitude d'une femme debout, d'une belle personne, bien dans l'histoire de son pays, dans sa vie et peut-être de son corps.

Une vraie tristesse d'avoir dû laisser Léonce. Il m'avait reconduit à l'avion dans la vieille Peugeot de service. À l'annonce du vol, à la manière des Îliens, il m'avait passé un collier de coquillages autour du cou et même embrassé dans une étreinte jusqu'alors inédite. Il m'avait dit son envie d'aller pour la première fois à Paris, un jour peut-être. Il m'appellerait pour qu'on aille goûter ensemble le tartare de *Ma Bourgogne* sous les arcades de la place des Vosges, arrosé du chiroubles dont j'avais dû lui dire le plus grand bien. J'avais alors évalué le poids des kilomètres, des heures inversées et du temps qui n'a là-bas aucune unité de mesure. Bien plus, dans une coupable innocence, je m'étais demandé comment un Îlien pourrait un jour vivre sous d'autres horizons que ceux qui étaient devenus miens. Et en faire son affaire, à défaut d'y être définitivement heureux. En me regardant chercher ma carte d'embarquement et mon passeport, Léonce s'imaginait-il vraiment vivre ailleurs, sans cette illusion tranquille d'avoir prise sur sa vie, à l'abri du marathon des foules, de l'inconfort du quotidien, de la froideur des regards, de la difficile gestion du temps, des courants d'air du métro, des midinettes en terrasse qui se la jouent nostalgiques alors qu'août n'est pas encore fini, et des journaux télévisés anxiogènes qui pérorent en boucle sur les hivers glacés alors qu'on est en décembre. Pouvait-il réellement s'imaginer être loin de chez lui à la saison des flamboyants et des pieds de letchis croulant sous le poids de la récolte à venir ? Ou avait-il simplement voulu me faire plaisir en troquant son adieu pour un au revoir, mesurant dans son accolade le fossé qui se creusait soudain, redoutant qu'on ne le comble jamais ?

J'éprouvais une vraie nostalgie des missions discrètes que mon patron m'avait finalement confiées, me faisant partager le sentiment particulier de pénétrer en loucedé dans le cercle interdit des affaires de la République. Je n'avais gardé en revanche aucun regret pour la trompeuse reconnaissance que l'Île m'avait offerte : je me suis toujours auto-astreint aux leçons apprises lors de la soirée aux belles Îliennes dans la villa blanche posée au bord de l'eau. Mais, comme une traîne diffuse s'effilochant derrière Lisa la fantasque, j'avais chaque jour quelques pensées pour les petits matins sur la route de la Mer de l'Est, toute luisante dans le jour qui se lève, odorante à l'envi de ses frangipaniers jaunes et blancs.

De loin en loin, quel que soit le pays où se posaient les roues des avions me translatant dans le monde, je les ai recherchées, ces fragrances mentales aussi violentes qu'un parfum de femme. Je les ai traquées comme un fou, à l'instar des flacons que l'on teste à pas d'heure dans les boutiques duty free, l'odorat décuplé par l'envie de retrouver des repères — des repaires — après les nuits blanches entre ciel et mer. Au creux du poignet droit, puis gauche, sur la bosse de l'index, au revers de la main, dans la paume de l'autre main, puis entre les doigts. En effleurant seulement les narines, avec parcimonie, pour ne pas mêler les senteurs contraires et respecter leur nez unique. Pour qu'elles me reviennent toutes, là, intimement identifiées à ces parfums qu'elles laissent dans leur sillage.

Mitsouko, en apesanteur. Coco, Années 30. La petite robe noire de Miss. G. Samsara, toute en victoires silencieuses. 5, pourquoi si peu ? 19, certainement davantage. Allure, son port de tête. Chance, imaginée un jour et que je n'ai pas saisie.

Classiques, ondines ou guerrières, elles se côtoient dans ma mémoire, puissantes ou virtuelles, ambrées, sucrées, florales, intactes. Elles n'y sont pas si nombreuses. Chronos, mon métronome incorruptible, n'a jamais frayé avec Pathos. Mais chacune d'entre elles a laissé en moi une empreinte choisie que, toute ma vie j'ai recherchée, comme sur le lagon, le reflet des îlots ébouriffés à peine visibles au large des falaises de basalte noir, juste au bout de la route de la Mer de l'Est, pointillés, points de suspension, balises bleues.

Dieu merci, pendant ces longues années d'absence, je n'ai jamais cassé le fil avec l'Île. Je ne saurai jamais si mes préfets durent justifier le dépassement de leurs notes de téléphone. S'estimaient-ils payés en retour par ce je que leur racontais de l'autre bout du monde, de ce qu'ils appelaient très sobrement, mon tropisme pour l'Île ? Ou devais-je considérer mes conversations longue distance comme des prises de guerre gagnées à la Pyrrhus, derrière mon soupirail donnant sur le trottoir du ministère ? Je confesse que c'était alors ma version secrète, pas très citoyenne, mais bien commode. En tous cas, quand l'occasion se présentait de l'évoquer, on appréciait poliment ma connaissance des lieux, des gens et de l'histoire qui s'écrivait aux antipodes. Tout juste s'étonnait-on de ma totale subjectivité quand venait sur la table le seul sujet qui me concernait vraiment. C'était même ma seule obsession. Jusque sur les placards publicitaires du métro, quelle que soit la destination vendue, je voyais dans les cocotiers en 4x3 les ciels parfaits de l'Île, ses matins calmes et la douceur de ses orages du soir.

Sur les rives de la Seine, les informations glanées ici ou là parvenaient désincarnées, lointaines et quasi-étrangères à la compréhension des non-initiés, plus à plaindre qu'à blâmer, tout juste bons à relire, sans toujours les comprendre, tant ils étaient confus ou de parti-pris, les journaux s'échinant à expliquer comment un petit bout de France s'était transformé en laboratoire à l'échelle d'un pays et inventait un modèle unique dans notre histoire. Dans nos dîners de jeunes apprentis-préfets, je positionnais le curseur de chaque événement dans la chronologie de l'Île. J'en connaissais les acteurs, j'entendais même le phrasé particulier de leurs harangues devant les propriétés revendiquées ou les grilles de la Résidence. Je m'efforçais de comprendre les arguments des amis du Chef manifestant à la lisière des terres qu'ils revendiquaient. Je voyais même les branches fichées dans le sol en guise de barricades sacrées, ornées de tissus multicolores qui en disaient le caractère magique et prévenaient que toute négociation était impossible. Et j'approuvais sans le dire ouvertement la réponse bruyante de ceux qui ne comprenaient pas comment la coutume îlienne pouvait avoir si bon dos en s'accoutrant ainsi de prétextes idéologiques aussi étrangers à sa vertu première. Méritait-elle d'être dévoyée à ce point ? Ou le successeur de mon Résident devait-il mieux faire comprendre à chacun la limite des postures inutiles et, ici, le nécessaire partage des terres, cette réforme foncière qui devait réattribuer aux des-

cendants du mythique Premier Occupant les espaces
dont ils s'estimaient spoliés? Compliqué quand on a
fécondé ces terres pendant des générations et que s'impose la règle qui dit que possession vaut titre. Et la mine,
alpha et oméga de l'Île, comment fallait-il en capitaliser
les dividendes? Et comment les répartir entre les Îliens
pour qu'ils profitent à tous et ne tombent pas trop vite
dans les filets monstrueux de la mondialisation ou des
intérêts particuliers?

Sans même participer à ces séances, j'aurais pu
écrire le verbatim des débats à l'Assemblée du boulevard Colbert. D'autres jours, sous la varangue éclairée
au pétrole lampant, je mêlais ma voix à celles des éleveurs trinquant à la bouteille carrée au soir d'un comp-
tage de bétail. Mais je gardais le silence quand, à l'office
du dimanche, les Îliennes aux cotonnades vives enton-
naient leurs polyphonies dans le vieux temple en haut
de la rue de Crimée. Je reconnaissais aussi l'impatience
du Leader, le soir à la télé, quand, d'un air entendu ou
sans laisser le choix à sa victime de service à la présentation du journal local, il demandait comme une
faveur acquise d'avance plus d'une minute pour s'expliquer. Les minutes se comptaient finalement en dizaines
et je savais que personne ne lui en voudrait sérieuse-
ment de donner de la voix dans ce pays aux épaules
rentrées, toujours en équilibre entre deux destins. Je
souriais aussi à distance des commentaires cruels que
les Îliens feraient des phrases précieusement tricotées
par les envoyés spéciaux des télés parisiennes pour
dire, face caméra, l'air las et la barbe approximative,
le bleu du lagon, le blanc du Grand Ressac et le gras
collant de la poussière rouge au lendemain de la pluie

dans le Sud. Il faut dire que les Îliens n'aimaient pas trop les journalistes parisiens, ces Bogart en vadrouille trois jours, maximum quatre, voyage compris, dans une Île qu'ils croyaient en permanence à feu et à sang, sans doute pour l'inscrire à leur palmarès comme une médaille d'ancien combattant au revers naphtaliné de leur uniforme du 11 novembre. Du coup, sans doute par mimétisme, je me surprenais aussi à condamner par contumace leurs superlatifs éculés pour décrire les camions de mineurs plus gros que dix voitures dévalant les veines en colimaçons de la Mine M. Et je devinais sans peine ce que donnerait dans les 20 h de ce soir la séquence tournée du haut de la route de la Mer de l'Est, l'image des vraquiers mouillés au bout de la longue serpentine acheminant jusqu'à leurs cales béantes la terre rouge de la montagne scalpée

Antigone voulait tout et tout de suite, au risque de désobéir à Créon et de casser l'ordre souverain. Alors, à quoi me servait cette comédie si elle ne me rapprochait pas de l'Île ?

Je ne devins jamais préfet. Encore moins Résident. Car ce que j'avais redouté en arrivant dans l'Île se vérifia dès mon retour à Paris. Je m'intéressais trop aux gens et pas assez au contrôle qu'on me demandait d'exercer sur eux. Je pensais que le pouvoir n'a d'intérêt et accessoirement de valeur que s'il ne se voit pas. Parce que justement situé à l'entre-deux, de tous les postes auxquels ma qualité d'élève de la Grande École m'a donné accès, c'est avec celui de stagiaire que j'ai vécu le plus en phase.

Il faut dire que j'ai vite montré d'expresses réserves, voire davantage, face à l'entre soi des barons de la République, pas nécessairement les plus vieux, leurs manies contraires aux urgences de notre histoire, leur talent à reproduire leurs modèles certifiés au risque de provoquer de malheureux accidents de consanguinité, leurs trajectoires au cordeau, leurs cours de petits marquis poudrés toujours émerveillés d'eux-mêmes, et leur embarras même pas feint face à l'air du temps qui se passe d'ailleurs fort bien d'eux. Je doutais de leur légitimité, plus liée à des postures ou des stratégies personnelles qu'à des vraies performances. Sans doute derrière leurs codes ai-je vite saisi leurs mécanismes et, en silence, redouté les symboles dont il me faudrait assurer la pérennité jusqu'à la fin de ma vie. Et ça, c'était trop me demander.

Un jour, le Résident, maintenant retiré, m'avait d'ailleurs confié qu'il retournerait volontiers dans l'Île, mais en touriste, incognito. Qu'il louerait une petite voiture à l'agence A. de l'aéroport et qu'au Rond-point du Nord, il prendrait aussitôt à gauche la route de la Mer de l'Ouest, sans même descendre à la Capitale.

— Car voyez-vous, m'avait-il avoué, pendant toutes ces années, on ne m'a pas tout dit. J'ai appris par moi-même. Pas tant les règles du jeu politique auxquelles nous sommes rodés, ni la loi et l'ordre que nous sommes chargés d'assurer, mais les gens, cher ami, les gens. Je ne savais rien d'eux, ou pas grand-chose. En tous cas moins que n'essayaient de le faire croire les discours que vous m'écriviez sous la dictée de votre maître Renan, l'assureur tous risques convoqué les jours de crise pour exalter le vouloir-vivre collectif. Et quand je vous voyais partir avec Léonce dans notre vieille Peugeot, la cocarde dans la boîte à gants, mais nos couleurs à portée de mots, je savais que vous étiez dans le vrai. C'est pourquoi je vous faisais confiance. Je suis heureux de pouvoir vous le dire aujourd'hui.

— Cet héritage, Monsieur le Résident, j'ai vite redouté de ne pas pouvoir l'assumer et de ne pas vous rendre ce que vous m'avez donné. Et plus je m'époumonais à imaginer mon parcours à venir, plus je jouais Bonaparte — époque des conquêtes — et plus je craignais de passer à côté de l'essentiel. Et par-dessus tout,

Monsieur le Résident, je ne voulais pas trahir l'Île et ce qu'elle m'avait appris, seule ou par votre truchement, le regard soutenu, la poignée franche et le verbe haut.

Mais mon statut d'ex-élève de la Grande École m'interdisait de brutalement tout laisser en plan. La généreuse République avait cassé sa tirelire pour fabriquer l'un de ses serviteurs, il me fallait lui rendre la monnaie en acceptant des postes que très vite, vu mon profil rétif, on ne me choisit plus parmi les plus confortables.

Cela dura quelques années, une période restée comme ma grande pénitence. Il y eut en série des déménagements pour des cabinets obscurs et autant de sous-préfectures introuvables sur Google Maps. J'ai écrit sans passion bien des mémoires que je savais voués au classement vertical. J'ai nourri de lignes interminables les protocoles byzantins qu'on me commandait au soir de manifestations paysannes, concocté des palanquées de brouillons d'arbitrages pour des dircabs partis en week-end ou prétendument occupés ailleurs. J'ai exhumé mes Lagarde et Michard et écrit toutes sortes de discours très savants pour des huiles gominées, pathétiques tragédiens, qui ne se résolvaient même pas à les parcourir avant de les déclamer en public et, dès le rideau tombé, de se fendre de commentaires désobligeants pour leur auteur naturellement anonyme. J'ai élevé des stèles de marbre et accouché de panégyriques dégoulinants à la gloire d'antiques quidams décorés par mes préfets au soir de leur carrière, morceaux d'anthologie qu'ils encadreraient dans le boudoir de Madame pour que leur descendance hypnotisée y puise sa part d'ADN. Sabre d'abattis entre les dents, j'ai parcouru la jungle profonde des entrelacs budgétaires et j'ai même raclé le fond d'un double-tiroir à secrets pour boucher le trou creusé dans son bilan annuel par un comptable sans doute distrait. Casque spéléo vissé sur la tête, j'ai exploré les innombrables logiciels de la jurisprudence européenne dans l'espoir d'y trouver un arrêt filiforme, mais suffisant pour emporter le morceau dans une négociation salée avec des marins-pêcheurs normands en butte aux quotas communautaires. J'ai croisé bien des préfets, des chefs de service et des patrons d'administration, parfois même des gens bien. Je me suis aussi risqué à quelques épisodes grand-guignolesques, comme lors de ce petit matin de blocage routier où, implorant Sainte Thérèse de l'Enfant Jésus et toutes ses sœurs, j'ai exfiltré mon valeureux sous-préfet caché sous une couverture pas très propre sur la banquette arrière de ma voiture de location.

Bref, à chaque fois qu'un défi passait à portée, je le saisissais à belles dents, sans états d'âme ni ambition de carrière. J'avais accepté toutes les missions qu'on m'avait confiées. Je m'y étais investi, à l'aveugle d'abord, étudiant assidu, Rouletabille curieux, apprenti-Résident consciencieux, routard dans les maquis courtelinesques, les yeux et le cœur grands ouverts sur ces bouillons de culture qui grumelaient devant moi. C'est l'héritage de mes parents : une bouée est faite pour être virée, une pointe doublée, un sommet atteint. C'est tout. Alors qu'importent les déménagements à travers la France, sa Navarre, ses océans et ses terres découvertes à marée basse, les puzzles à reconstituer, les environnements à réexplorer, j'y allais, à marche forcée, en *automotion*, m'efforçant de n'être jamais déçu. Cabossé oui, fracassé même. Mais jamais on ne m'a fait regretter les départs, les arrachements, les ruptures. Là, ce n'était plus pareil. La magie d'une carrière, peut-être imparfaite mais conduite hors des sentiers battus, avait disparu. Non que je n'aie plus rien à apprendre ou à partager. Mais tout me semblait lourd, compliqué. L'énergie me manquait alors que je m'étais juré de ne jamais en manquer, de jouer aussi longtemps que possible en catégorie Espoirs, pas Vétérans. Une phrase dans un livre me retournait les sens, un regard croisé dans le train me donnait le tournis. Tout me ramenait à l'essentiel qui se dérobait et se moquait de moi, de tant d'orgueil et de vanité. Vite, il me fallait impérativement bousculer mes principes, mes foutus principes d'un autre temps qui avaient, des années durant, échafaudé des citadelles imprenables autour de moi, cassant tout laisser-aller, tout penchant naturel. Si j'avais croisé un miroir, je me serais vu louvoyer raide de toile et bordé jusqu'à l'épissure, alors que ma nature me disait confusément de naviguer au portant vers les aventures qui me tendaient les bras.

Ma blessure intime, je le savais bien, c'était l'Île. Elle m'avait offert de croiser au large, mais je n'avais rien vu, embarqué dans une histoire qui n'était déjà plus la mienne, seulement un lointain écho. À la réflexion, la rupture était bien celle-là, elle sonnait comme une trahison à une promesse que je m'étais faite de ne jamais être malheureux de me lever le matin pour aller prendre ma part du labeur collectif. C'est, à mes yeux, le dernier luxe que nous autorise l'existence, la dernière chance de salut dans la foule grouillante qui elle, endure l'épreuve quotidienne en apnée, aveugle et muette.

Quand le vent refuse, quitte à perdre en cap, on abat pour se redonner de l'air ou on vire de bord. Avant même de signer une nouvelle affectation qu'on me promettait cette fois déterminante pour la suite de mon cursus, j'ai renversé la table, pris de court mon entourage et définitivement quitté les brisées auxquelles on me destinait. La Grande École, dont j'avais tout appris, m'avait protégé des maraudes prévisibles et nécessaires de l'existence. Mais jamais expliqué comment pouvait naître une deuxième mémoire. C'est donc vers elle que je devais me tourner maintenant et reprendre ma route, enfin riche de questions plutôt que de certitudes.

Approche

*L*a Toussaint en avril. Loin derrière le sillage du porte-conteneurs CGM Rostand, le grand froid sec tétanise la Bretagne. Dans le parc de la préfecture, le vieux bouleau planté sur l'herbe grasse prend chaque jour de l'embonpoint. La tête perd ses cheveux, les branches maîtresses se chargent inutilement de radicelles aériennes qui pendent lamentablement dans le vent d'ouest. Mais où sont les alizés battant pavillon de l'Île, les grands bateaux mouillés au blanc des îlots et le ciel couleur de feu autour du soleil qui se couche au-delà des passes ?

Mon bureau sur jardin, avenue de la Préfecture, appartenait déjà au passé. J'avais littéralement largué les amarres, tourné le dos à ma vie d'avant et trouvé, assorti d'un salaire convenable, le seul moyen de voyager loin des travées arpentées pendant trop longtemps. C'était un job de rédacteur au service de presse d'une compagnie maritime, une major présente sur toutes les mers de la planète, avec ses bateaux hauts et longs comme des basiliques et capables d'emporter d'un trait des milliers de boîtes géantes à l'autre bout de la Terre. Mon CV m'avait aidé à décrocher le sésame, mon profil provoquant malgré tout quelques interrogations quand il fallut le soumettre à la moulinette des nombreux entretiens d'embauche : que venait faire un ex-apprenti-Résident dans cette histoire ? Étais-je un écologiste désabusé en rupture de ban social, un repenti apatride ou un aventurier bientôt ingérable ? Ou pire, un gauchiste antisystème adepte de la décroissance, un sous-marin altermondialiste, voire un militant anarchiste ? J'ai donc dû rassurer mes chasseurs de têtes, jouer de ma componction naturelle sans que le leurre soit trop flagrant, aligner mes quelques quartiers de noblesse universitaire sans en faire toute l'histoire qu'on me priait de raconter, improviser un touchant catalogue de motivations et rassurer sur mon état mental, avant de soumettre quelques écrits manuscrits au staff dominant le monde du haut de son bureau panoramique de la Défense.

C'est ainsi que, depuis, j'ai traversé toutes les mers du monde, parcouru les cinq continents et partagé mille vies, au prix modique de chroniques illustrant les longues traversées qu'effectuent les cargos rouliers aux noms de peintres, de musiciens et d'écrivains, si rapides qu'ils ne prennent pas le temps de voir les étés, si pressés que leurs commandants ne descendent même pas à terre lors des escales au bout du monde.

Une carrière de peintre de la Marine n'était pas à l'ordre du jour. J'aurais aimé en avoir le talent. J'ai donc dû me contenter de photos légendées pour raconter mes voyages dans la revue de la Compagnie. Mais j'aurais volontiers croqué la montagne du Corcovado, le Bay Bridge et Treasure Island, l'opéra sous voiles de Sydney et les rochers gris de la baie d'Halong. Mes cargos à quai, j'ai traîné dans le port d'Amsterdam, de Hambourg ou d'ailleurs, pour aimer Brel encore davantage, arpenté les quais de Bordeaux à la chasse du fantôme du deux-mâts Brémontier de l'armement B. parti chercher le vin du Chili et revenant de l'Île chargé de l'or vert émeraude.

J'ai vu la Terre grande comme la mer, Gorée, le vol immobile des choucas et l'horizon ininterrompu depuis les rives de Belém et de Fort-de-France. J'ai senti sur ma peau le vent moite s'affalant mollement sur ses wharfs maudits le long du fort jaunâtre où s'était accompli le sordide mythe fondateur. Sur la petite plage de sable roux, j'ai vu les nuées d'enfants pataugeant bruyamment, là même où leurs ancêtres secouaient leurs chaînes en s'embarquant pour l'inconnu. Trois siècles durant, l'histoire s'était écrite ici. Mais le savaient-ils ? J'ai croisé en Mer Rouge, où l'on imagine la navigation facile, dans un canal droit comme un i, sûr de ses maçons bâtisseurs. En fait, il trace difficilement sa route entre montagnes noircies et rêves de sables, au point de se perdre dans les replis du désert obligeant les lourds navires à slalomer entre les dunes, fantômes d'acier dans l'univers minéral que Lawrence avait conquis avant de s'y laisser engloutir. J'ai navigué entre les îles-amibes de la grande barrière australienne. Elles ressemblent aux Lipari, des mirages transgressés à vingt nœuds alors qu'on pourrait raisonnablement y vivre le reste de son âge. J'ai vu l'Éthiopie. À Baldaheere, elle se prend pour Mrs. Alice Springs, ce même rouge sur rouge, mâtiné d'ocre ou taché de vert sous les nuages. Même les noms pourraient être aborigènes : Kismayou, un autre outback. Walaroo, qui sonne comme la sirène rauque d'un didjeridoo. Jusqu'aux signes cabalistiques dessinés par la nature africaine qui rappellent la palette pointilliste des clans d'Uluru. Les fleuves asséchés y dessinent des cœurs imparfaits où battent les sangs mêlés des hommes et des chimères. J'ai longé les côtes sablonneuses de la Pologne, rêvé de rencontrer l'électricien de Gdansk et partagé avec des géants de complaisance les grandes routes commerciales oubliées tant elles sont improbables. J'ai fait des entrées triomphales à Manhattan ou Shanghai. Neptune a salué chacun de mes passages de la Ligne, mais faute d'avoir fréquenté le cap Horn, je n'ai toujours pas le droit de pisser face au vent. J'ai revu Visby et Kalmar. J'y ai griffonné dans mon journal l'air bleuté de froid, la mer grise ou verte selon les saisons. En route pour Saint-Pétersbourg, je me suis dit qu'on faisait injure à la Baltique, réduite à n'être qu'une mer fermée. Les fantasmes liés aux mers du Nord sont entravés par l'histoire et la géographie quand les immensités de l'autre hémisphère sont libres de tout, y compris de se perdre.

Tous ces préliminaires furent longs. Aussi longs que les discours en spirale des Îliens. Mais vint le jour où mon cargo mit enfin le cap sur l'Île. Mille fois, il s'en était approché, sans jamais faire le détour. Trop petite, l'Île, pas assez rentable, soumise aux stratégies commerciales entassant les cargaisons dans les grands ports et laissant aux armements locaux le soin de donner la becquée aux escales qui en dépendent pourtant le plus. Un facteur qui limiterait sa tournée aux beaux quartiers pour y croiser les bourgeoises chanélisées et abandonnerait au gré de ses humeurs le courrier de la piétaille.

L'Île, je savais que j'y retournerais. Par la mer, cette fois, le seul transport amoureux envisageable dès lors qu'on fait route au sud. Confortable ou spartiate, pourvu que le bateau incarne la lenteur plutôt que la course, qu'il inspire la progression en temps réel plutôt qu'accélérée, qu'il amplifie jour après jour la sensation intime de la longue pérégrination en diagonale au cœur des méridiens et des parallèles, qu'on sente les changements de saisons sur son corps, que l'horizon reste une frontière à peu près d'équerre pour qu'on ait sans cesse envie d'aller voir au-delà. Même si le temps est plus long avant d'apercevoir les balises bleues, vertes et rouges cette fois. C'est tant mieux.

Des quais du Havre jusqu'aux écluses de Gatun, la mer m'envoie des relents de Lisa. Une panne en approche des Açores oblige à changer un piston gros comme une dépression. Pendant toutes ces heures où l'Île-Tantale ne s'approche plus qu'à cinq nœuds, les milliers de chevaux blessés du CGM Rostand me semblent soudain aussi poussifs que la rossinante du bac traversant la rivière du Nord. Et dire qu'il y a des années, je faisais tout pour ralentir mes avions. Bahia Limon, des centaines de monstres à l'ancre, les chaînes qui stopperaient les bateaux fous s'ils venaient à perdre la boule, les ascenseurs liquides de Balboa qui montent et descendent en marnages monstrueux, les manœuvres au centimètre, les pilotes magiciens de l'avant toute et les pélicans du Pont des Amériques. Puis, le Grand Océan, l'alizé sur la nuque et l'amplitude décuplée de la houle.

Au trentième jour, une senteur sucrée infusa l'espace du roulier d'habitude imprégné des effluves de fuel et de la cuisine du bord. À la passerelle, sept étages au-dessus de la mer, à peine visible sur la ligne de l'horizon, l'atoll de Puka Puka redonne les repères perdus. Ses cocotiers qu'on imagine au long cou dessinent des gerbes sur l'eau, ou plutôt des touffes de cheveux, comme celles qu'à ma demande expresse me laissait Monsieur Thomas, le coiffeur fou de mon enfance, adepte de la coupe en brosse et du Pento en stick poisseux.

Encore des jours plus tard, quand l'Île apparut enfin, la simple vue du phare blanc au droit de la Grande Barrière me fit monter les larmes. Lui aussi était né ailleurs. Il avait vécu bien des aventures. Exposé à Londres comme un miracle de la Révolution industrielle, et démonté des ateliers des Buttes Chaumont qui l'avaient vu naître, il avait ensuite traversé les mers avant d'être baptisé dans la Grande Passe, cadeau d'anniversaire à Eugénie, l'épouse de l'empereur qui, quelques années auparavant, avait fait envoyer les trois couleurs au pied du Grand Col et installé le premier Résident de l'histoire.

Pour ma deuxième première fois, j'étais arrivé dans l'Île. Je ne savais rien de ce qu'elle était réellement devenue. Une maîtresse que je retrouverais, moi un peu vieilli, elle forcément intacte. Et je ne savais pas comment la reconquérir, pour le cas probable où elle m'aurait été infidèle.

Peu importent les lointaines nouvelles reçues pendant ma longue absence. Elles n'ont été que de simples échos, une nique au temps. Au fond de moi, par commodité et pour ne rien oublier, j'avais concentré à l'extrême ce que l'Île m'avait donné de vivre pendant mon stage chez le Résident. Lisa, les mines à ciel ouvert, Léonce, les coups de pêche avec Gérard, Patrick, le fer rougi sur le flanc du bétail et l'odeur de la chair brûlée, les rares confidences du patron, la route de la Mer de l'Ouest, la houle des grandes passes, le Leader, les niaoulis se jouant des incendies, la Tribu du Bord de Mer, la mort du Chef. Il me fallait maintenant retrouver la synchro, marcher dans la rue de Crimée, entendre le souffle du vent dans l'Anse des Orphelines, vérifier la perspective des tours de la cathédrale à l'aplomb du mont des Loges, escalader la colline de l'Émetteur jusqu'à la Croix de Lorraine, parcourir l'enfilade des baies, revoir la colline aux Balbuzards, mais plus encore, ressentir la durée des jours et réentendre le pas glissé des femmes sur la place des Flamboyants. Et plus tard, voir la mer, les jacarandas, le wharf de la

Baie aux Thazards, le clocher de la Mission dans le col de l'Entre-Deux, la pétrolette de la rivière du Nord et les visages, si j'en reconnaissais. Mais je devais aussi me souvenir que si l'Ile-mythe était bien devenue mienne, soigneusement à l'abri de tout désamour, elle avait aussi enduré sa glissade, d'abord invisible, avant de s'infliger des cicatrices si profondes que le temps, le frère ennemi des traités de paix, n'y pourrait pas grand-chose pendant des lunes.

Près de trente ans ont passé. L'histoire est longue, mais les mémoires sont courtes. C'est souvent préférable. En la parcourant comme on rattrape le temps perdu, je m'aperçus vite que la Capitale avait soigneusement gommé les séquelles de cette guerre que les Îliens, pour se rassurer sans doute, s'efforçaient de ne pas qualifier de civile. La ville avait fait mieux que changer. Elle s'était faite plus belle, bordée au carré autour de son historique potager militaire. Sous la houlette du vieux maire réélu pour un énième mandat, l'ancien Petit Paris des guides touristiques s'était métissé, faisant mentir les belles dames croisées autrefois dans la villa blanche posée sur le lagon. Dans une incantation frileuse, elles m'avaient juré qu'au grand jamais on ne verrait sur la Plage aux Citrons, l'enclave balnéaire la plus chic de l'Île, leurs serviettes griffées côtoyer les nattes de paille des pique-niques familiaux. Ce que je voyais là prouvait simplement le contraire et c'était bien ainsi. Les beaux quartiers s'étaient poussés du col. À prix d'or, les collines alentour s'étaient garnies de lotissements, pas tous sociaux. Ceux-là, de facture moindre, quoique défiscalisés, étaient situés plus loin du centre, sous les fumées de la Vieille Usine qui marquait encore l'entrée de la ville. On avait bâti une université et un spectaculaire musée-cathédrale en bois grisonnant auquel on avait donné le nom du Chef et de son clan. Le front de mer accueillait désormais des paquebots de croisière lestés d'aventuriers rubiconds qui poussaient bravement jusqu'au quartier chinois, à quelques pas de la nouvelle gare maritime ou investissaient le petit train touristique chenillant jusqu'aux baies derrière son tracteur aux couleurs du Far West. Les écoles avaient fleuri, l'hôpital allait quitter la vieille caserne coloniale, la place des Flamboyants avait été replantée et pavée de neuf, le kiosque des Relégués repeint, la rue de Crimée nettoyée et la façade de l'Assemblée décorée de houp vernis. Les administrations îliennes avaient essaimé à la mesure des compétences dont elles s'étaient dotées et les immenses jachères du centre, sanctuarisées en attendant que les prix du foncier explosent, s'étaient garnies de dizaines de villas avec piscines et toits de tuiles rouges, faisant de l'ancien terrain vague de l'Ascension le mètre carré le plus cher à des milliers de kilomètres à la ronde. Le grand yacht blanc de feu le Leader avait quitté son ponton, d'autres encore plus blancs et plus grands l'avaient remplacé. D'immenses marinas squattaient les baies. Même l'Anse des Orphelines était envahie de dizaines de mouillages forains qui, au couchant, me certifiaient que j'étais bien revenu au paradis.

La Résidence, elle, n'avait pas beaucoup changé. La colline aux Balbuzards non plus. Mais au pied du parc planté de frangipaniers, la vieille bâtisse coloniale avait disparu. Avec elle avaient été détruits les deux escaliers en rotonde qui y accédaient. C'est en bas de leurs marches moussues qu'avait été prise la photo désormais emblématique de l'Île, celle de la poignée de main entre le Chef et le Leader revenant de Paris où, avec leurs entourages, ils avaient enfin signé sous les ors de la République l'accord qui devait ramener la paix entre les Îliens. Pour les années à venir, ils avaient convenu du principe exigeant d'une Île qui gagnerait la paix à la sueur de son front plutôt qu'en gémissant de n'être qu'une île. Pour y parvenir, ils avaient misé sur une méthode encore inusitée pour se répartir les richesses, à l'exact contraire de la logique comptable prévalant jusqu'alors. Courageux, voire téméraires, ils l'avaient appelé « Le Nouveau Partage ».

Pour honorer ces promesses de bonheur, chaque camp essaya dès lors d'y mettre du sien, à ceci près que le Chef et le Leader disparus n'avaient pas désigné d'héritiers et que la succession s'avérait compliquée. Si bien que, malgré l'arbitrage du Résident, l'Île n'échappait toujours pas à la spirale infernale des pays en chantier, entre majorités fragiles, stratégies alambiquées et alliances contre nature, petits meurtres entre amis, retrouvailles, proximités élastiques, croix de bois-croix de fer, secrets de polichinelle, scandales étouffés et déclarations d'amour collectives. Dieu merci, on se posait aussi quelques bonnes questions relevant de la survie même des Îliens à la recherche de leurs balises bleues. Et comme la scène se jouait dans un théâtre où l'argent coulait à flots, prolongeant l'impression trompeuse d'un horizon éternellement dégagé, les gens d'ici fatigués de tant de fâcheries s'impatientaient de voir leur pays passer à autre chose. Serait-ce une patrie rebaptisée, comme dans les premiers rêves du Chef ou une parcelle de France préservée au bout du monde, comme le souhaitaient les descendants du Leader ? Ou encore un cocktail des deux, avec les difficultés inhérentes aux troisièmes voies ? C'était toute la question et les Îliens devaient en décider bientôt.

J'ai repris la route de la Mer de l'Ouest, inchangée depuis que Léonce y avait conduit le stagiaire du Résident. Les mêmes monts bleu-Hokusaï, à perte de vue, les verts en batailles dérangées et le vent chaud faisant lever la houle dans les herbes sèches au bas des collines. Au bout de la route du wharf, avant la chapelle, juste à gauche après le sculpteur au nom alsacien, une jetée de terre a remplacé le vieux quai de béton, ne laissant que quelques pieux de ferraille rouillés, inutiles et dangereux. Détachés de l'Île, les îlots derrière la mer se la jouent Robinson, déserts comme au premier jour. Seules y vivent des hordes de chevaux sauvages que personne à ce jour n'a été dompter.

J'ai poussé la barrière de chez Patrick, l'ami des jours d'avant, l'archétype de l'Îlien que les magazines auraient inventé s'il n'avait pas déjà été une légende. Mais l'Île avait, Dieu merci, échappé aux mythes. L'espace, chez Patrick, n'est pas le même. Immense, mais organisé. D'abord prévenir de son arrivée. Repérer l'entrée de la propriété. Y présenter la voiture et s'apercevoir qu'il faut aussitôt la reculer pour ouvrir la barrière au long porte à faux. S'assurer que personne ne vous a vu dans ce piège ridicule et se dire qu'on ne vous y reprendra pas deux fois. Les chevaux de travail, eux, connaissent la manœuvre. Tirer la palissade métallique aux armes de la station. Porte ouverte, surveiller le bétail qui attend d'en profiter pour aller voir si l'herbe est plus verte ailleurs. Il serait déçu. Bien refermer la barrière et enfin, sur des kilomètres de piste dammée, rouler, rouler, jouir de la certitude d'être seul au monde, inconnu, injoignable, impossible à situer sur e-maps, avatar incongru au milieu des placides vaches brahmanes qui promènent leur bosse comme l'assurance-vie que l'Île ne peut plus leur payer. Franchir encore quelques barrières, les refermer soigneusement, ralentir à l'entrée des champs en passant sur les rouleaux métalliques où les bêtes redoutent de se tordre les pattes. Continuer jusqu'à l'abreuvoir, pas le vieux en tôle, le vert, prendre le troisième chemin à gauche.

Au milieu de la parcelle seulement délimitée par les traces de son 4x4 dans l'herbe rase, Patrick réapparaît, puissant comme du temps de la Grande Conduite, magnétique comme l'Île. Ses jambes en arc de cercle dans un jean hors d'âge ont définitivement pris la forme des chevaux qu'il monte toujours. Il est là, santiags antédiluviennes aux pieds qu'il a immenses et, chapeau improbable sur une tête que je n'ai jamais vue nue, penché sur les entrailles de son tracteur, bougonnant sans doute sur la mécanique encore en panne, avec le même rictus de cinéma qu'il affichait déjà quand le cheval qu'il me destinait manifestait son mauvais caractère à la vue de la selle à pommeau de cuir pourtant choisie avec soin. À peine surpris de me voir là — à vrai dire, hormis les histoires de la Capitale auxquelles il ne comprenait rien, peu de choses pouvaient le surprendre — il me reparle de la mémorable traversée par les monts et les vaux du Nord, le long de pistes à peine visibles, connues de lui seul et de quelques vieux, pourvu qu'ils vivent encore. En le voyant là, Commandeur inoxydable, je saisis la place qu'avait prise dans ma vie cette aventure si unique que je l'ai revécue mille fois, cette course irréelle avec les Centaures de l'Île, mi-hommes, mi-chevaux, moi avec eux, dévalant les cols dans un fracas de cavalcade, à la poursuite de leur histoire, urgente, précieuse, rustique, violente et nécessaire pour que perdure ce que tout menace pourtant.

— Viens me voir à Paris, lui dis-je, certain de sa réponse.

— Que veux-tu que j'aille faire là-bas, me sourit-il. Regarde, j'ai tout ce qu'il me faut ici. Tout, mes monts, ma terre et mes chevaux, mes limousines et mes brahmanes, mon creek et mes coups de chasse.

Et il oubliait le tracteur récalcitrant et le Toyota difforme qu'il me semblait avoir reconnu.

Cadeau. Pour la deuxième fois en trente ans, Patrick était dans ce qui devait être pour lui le summum de la confidence, le contraire du bavardage, certain que je comprendrais. C'était sa vie. Et moi j'aurais aimé stopper la mienne ici, sans en faire tout un cinéma.

J'ai retrouvé la vieille maison coloniale près de l'Embouchure. Deux longues allées ombragées convergent vers la relique blanche au toit rouge, surplombant comme une vigie la prairie aux chevaux bais et fauves.

Je suis retourné chez Madame Manu. Son portrait académique en majesté, un peu lugubre, surveille la grande salle aux brasseurs d'air. Bien des années après les chevrettes du creek et les quartiers de cerf qu'elle me laissait dans la remise, enveloppés dans une serviette blanche, sa présence écrase encore les lieux. Sa fille a déjà des cheveux blancs. À la caisse, sous la collection de casquettes devenues reliques, elle affiche la gravité d'une Impératrice consort portant le deuil de la Reine-Mère et ne s'embarrasse pas de conversations inutiles. La mémoire de feu Madame Manu doit encore lui souffler que le crabe décortiqué pour la table du fond, il ne va pas y aller tout seul.

Dans la salle maladroitement repeinte en bleu et vert fluo, les vieux se ressemblent. Sauf que les uns ont le poil gris et la peau cuivrée, les autres le teint plus clair et les cheveux blancs. Les vieilles aussi. Elles parlent la langue d'ici, un français mâtiné d'Îlien, mélange d'inné et d'acquis, assorti d'habitudes bien commodes pour dire les choses. Un simple haussement des sourcils, une éclaircie sur le visage signifient simplement qu'on est d'accord avec ce qui vient d'être dit. Un imperceptible mouvement du menton dit l'étonnement. Un silence, c'est non.

Je pense au Leader. Autour de moi, short kaki et chaussettes dans les sandales, ce sont bien les purs métis dont il m'avait parlé avec passion, confiant dans son pays, plus inquiet pour les Îliens. Ils mangent à la même table et boivent aux mêmes flacons, parfois sans la réserve d'usage. Ils ne s'encombrent pas de convenances superflues. Ils conduisent à la hussarde les mêmes Jeeps rafistolées sur les mêmes pistes carrossées façon tôle ondulée, instruisent leurs petits-enfants pour qu'ils deviennent un jour aussi durs à la tâche et rêvent de leur laisser leurs terres le moment venu. Ils ont les mêmes fins de mois difficiles et croient se souvenir que c'était mieux avant. Ils se taisent souvent ou parlent beaucoup, c'est presque pareil, des choses qui s'entêtent à ne pas changer comme il faudrait. Ce ne sont que les affaires des politiques, disent-ils, comme si leur propre sort n'était qu'accessoire, leurs vies en lévitation au-dessus d'eux, imputrescibles comme leurs clôtures de gaïac.

Quand il leur faut régler l'addition, ils n'exposent pas leurs billets aux couleurs du Grand Océan. Les femmes tiennent les cordons de la bourse, mais ce sont les hommes qui payent. Alors, sur leurs genoux, sans que rien n'y paraisse, elles leur font passer l'argent du déjeuner qu'ils partagent comme on met un destin en commun, couleur langouste mayonnaise et mahi-mahi grillé.

C'est comme ça, chez Madame Manu. Et dans tout le reste de l'Île, dès lors qu'on quitte les cercles apprêtés des beaux quartiers de la Capitale.

MARIE

Enfin débarrassée de ses ornières, la route du Nord longe le mont Nickel, l'immense mine à ciel ouvert sur laquelle reposent tous les espoirs du Nouveau Partage. Avec quelques autres domaines plus au sud, cette gigantesque réserve de minerai avait été l'enjeu d'années de négociations à rebondissements avec l'État, le Leader et son entourage, avant de finalement tomber dans l'escarcelle des amis de feu le Chef. Ils possédaient le Ciel depuis toujours. La Terre pas complètement. Par le travail qu'elle allait donner et les dividendes qu'elle allait produire, cette montagne devait devenir le moteur du pays nouveau qu'ils appelaient de leurs vœux.

Voisine de la Grande Usine bâtie aux portes de la Mine, la Tribu du Bord de Mer, m'avait-on dit, s'était transformée au point que je ne la reconnaîtrais pas. J'irai vérifier demain. Mais les chemins symboliques pour parvenir au Village étaient bien les mêmes. Quelques jours avant de prendre la route de la Mer de l'Ouest, j'ai donc prévenu de mon arrivée. Je me suis assuré que les vieux étaient encore de ce monde, j'ai retrouvé leur nom et celui de leurs porte-parole. Et je leur ai dit que je n'avais besoin de rien, sinon de les revoir comme les amis qu'ils étaient pour moi, et leur ai proposé de leur monter des marchandises de la Capitale.

Comme du temps de mon stage, mais sans rien savoir de mon émotion très particulière, on m'accueillit selon la tradition. Je la connaissais. Le Résident aussi, mieux que moi. Dans de vrais moments de grâce, alors que les esprits s'échauffaient déjà dans l'Île, il possédait le talent de l'ancien s'adressant à ses pairs, mêlant à des paroles un peu convenues une bonne dose de messages faits pour être entendus fort et clair dans ce pays un peu dur d'oreille, des mots pesés et qui comptent tous pour dire le bonheur d'être là, mais aussi le respect que se devaient les deux légitimités, celle de l'Île et celle de la République, celle des descendants du Chef et celle des partisans du Leader. Quelles que soient les couleurs des peaux dans chaque camp, d'ailleurs pas si uniformes que ce qu'on en disait dans les journaux parisiens, quoiqu'il advienne de l'avenir, elles devraient cohabiter. Peut-être même en seraient-elles l'ossature symbolique, à l'instar de celle de la Grande Case, là, à portée de regard.

Grâce à notre ancienne fréquentation, les vieux d'ici se souvenaient aussi qu'avec le stagiaire, les choses se passaient simplement. Que les échanges marqués du sceau de la tradition seraient brefs, mais qu'ils auraient pour chacun la signification nécessaire. Je savais que notre pacte d'autrefois tenait encore. Dès notre première rencontre, peut-être le soir de Lisa, j'avais tenté de faire comprendre mon dilemme, partagé entre mon souhait ardent de respecter les devoirs du visiteur, finalement universels, et le libre arbitre que j'entendais conserver. N'étant pas né Îlien, je n'étais pas dépendant d'un ordre qui n'était pas le mien, je n'avais pas à faire comme si, à rechercher dans mes paroles l'effet garanti des phrases vigoureuses que s'échangeaient les représentants de chaque clan dans une langue inconnue de moi. Ces harangues lancées à bon entendeur, ponctuées par autant de formules rituelles, permettaient à chacun de se reconnaître, de se situer dans les généalogies et de réaffirmer son rang dans la collectivité. Mais ma lignée était ailleurs et c'était respecter les leurs que de ne pas m'y croire indispensable. Ces moments très codifiés me firent longtemps penser aux grandes cousinades de nos campagnes, avant de me reprendre, de me dire que c'était bien davantage et d'en découvrir la signification dans la société secrète des amis du Chef. Le lien entre eux paraît finalement simple : je sais qui je suis, disent-ils, quelle est ma place dans un espace-temps lui aussi précisément défini. Je sais de qui je procède, quels sont mes droits innés et ceux qu'on me donne dans la construction symbolique de la Case Commune, quels sont les effets contraignants de mon appartenance, à qui je dois en rendre compte, en toutes circonstances et pour tous les gestes essentiels de la vie. Ce droit structure chaque minute de l'existence, les trajectoires collectives et individuelles, les hiérarchies, les échanges, les alliances. S'y sentent-ils libres ? Pas sûr, mais ils n'en font pas des histoires, c'est comme ça, c'est tout.

Tout cela, je le savais, en tous cas pour autant qu'il m'était possible de m'approcher de ce système protéiforme dont eux seuls connaissaient les ressorts. Et les vieux de la Tribu du Bord de Mer l'avaient bien compris. Depuis Lisa, notre franchise réciproque avait durablement donné le ton à nos rencontres. Les anciens ont beau ne pas porter de montre, ils ont la mémoire. Pour eux, j'étais resté le stagiaire du Résident. Mon patron avait fait autrefois tous les gestes nécessaires et l'on admettait qu'il n'était pas indispensable de recommencer aujourd'hui le même cérémonial. Nos paroles devaient seulement servir à se redire bonjour, à échanger nos agréments respectifs et à signifier publiquement que le chemin était ouvert. Le reste, chacun le portait en soi sans qu'il soit nécessaire d'en faire davantage. Et je savais que c'était un privilège de me situer librement au cœur de ce cercle. Je ne me soumettais pas, je n'étais pas chez moi, mais ces chemins ne m'étaient pas étrangers.

Près de la salle commune, une simple dalle de ciment couverte d'un toit de niau décoré de bougainvillées mauves et blancs, on me dit à quel interlocuteur m'adresser lorsque je prendrai la parole et sur quelle natte déposer mes présents, le tissu dont se ceignent les hommes, quelques billets et autant de paquets de tabac offerts en cadeaux symboliques qu'on redistribuerait ensuite dans un ordonnancement dont j'ignorais la formule. Économe en trémolos, j'ai évoqué le temps qui avait passé, mais n'avait rien changé entre nous, j'ai dit au village réuni en mon honneur le bonheur d'avoir traversé la mer pour venir jusqu'ici et je demandais d'y rester quelque temps, comme simple visiteur cette fois, pas moins fier pour autant. D'un geste qui m'a toujours apparu d'une infinie douceur, le porte-parole désigné pour me répondre déplia en silence le tissu à fleurs que je venais de déposer à l'endroit convenu, étala les billets en éventail et effleura le tabac du bout des doigts, signifiant qu'il acceptait ces présents au nom de sa collectivité. Il se félicita de notre mémoire partagée, tira la leçon des kilomètres qui ne gomment pas les liens, manifesta quelque émotion au rappel de Lisa et, avant de m'autoriser à séjourner autant que je le voulais, me remercia du long chemin parcouru jusqu'à la Tribu du Bord de Mer.

Pendant qu'on me renvoyait ainsi la politesse, alors que j'aurais dû garder la tête immobile et les yeux dans le vague en signe d'écoute respectueuse, je priais le ciel qu'on ne voie pas mon regard comme aimanté, un peu sur ma droite, par une silhouette en cotonnade rouge bordée de dentelle blanche. Une petite trentaine d'années, belle, le cheveu noir, le teint sombre tout juste éclairé par le soleil oblique de la Mer de l'Ouest, elle écoutait distraitement les paroles que psalmodiaient les hommes dans leur langue commune, assise en retrait au milieu des femmes, discrète et silencieuse comme elles, les yeux baissés et les jambes que je devinais longues, repliées sur le côté comme seules les femmes d'ici savent le faire pour se ménager sans fatigue de longues séquences immobiles.

Cette vision provoqua en moi l'impression violente de revivre des événements déjà vécus, dans les mêmes lieux, avec les mêmes acteurs et suivant le même scénario. Mon cerveau brutalement en apnée n'entendait plus les mots de bienvenue qui s'effaçaient aussitôt dans un maelström de sons cotonneux, mixés avec les dialogues d'alors qui eux, me revenaient précisément jusque dans leurs détails les plus anodins. Le mariage dans le clan d'à côté, les tarots inondés par Lisa, le bétail en panique sur les hauteurs, le cercle autour du feu de bois, Patrick, sa guitare et ses airs western, les chevaux KO debout d'avoir galopé toute la journée sous la pluie, nos affaires séchant sous la varangue, le ronronnement des tisons puis, dans la nuit embuée, les rires se faisant plus sourds, les silences des uns, les chuchotements des autres, quelque chose ressemblant au bonheur. Et bien sûr, mon pendule intime me situant très précisément dans la scène, comme entre deux escales. Puis l'In-connue se livrant corps et peut-être âme, comme on investit une histoire, comme on s'aventure sur une mer inconnue.

Ces trente ans loin de la Tribu du Bord de Mer n'au-raient-elles été qu'une improbable parenthèse ? Atome pris au piège d'une force centrifuge, jouet inerte pro-pulsé dans une troisième dimension, aurais-je été éjecté de la vrille infernale du temps pour me retrou-ver ici, à mille lieues des soupentes parisiennes et des quais du Havre, au cœur des rêves poursuivis pen-dant des années ? Moi qui angoisse à l'idée de ne pas savoir où j'existe pour de vrai sur cette foutue planète, qui ai sans cesse besoin qu'un GPS cérébral me situe ici où là, Osaka ou Lesconil, Fuji ou Kilimandjaro ou carrément nulle part, me voilà pris à mon propre jeu. Quel orgueil ! Je croyais tout contrôler, ma vie, mon espace, les discours pour mes huiles crayeuses de pro-vince, mes translations autour du globe. Et ce n'était que fatuité. Là, devant la Tribu du Bord de Mer qui me redit la bienvenue, voilà que mon horloge interne s'em-mêle les neurones, part en toupie comme un derviche tourneur maladroit, me court-circuite tout entier et me psalmodie des salmigondis en langue savante. La

Croix du Sud gobe la Grande Ourse, la terre schizophrène ne sait plus si c'est jour ou nuit, les banlieues de Freetown défilent à 1013 kilomètres heure, le cap Horn est en vue, les lacs gelés d'Ukraine se déversent dans les lagons de l'Île. Sans Chantilly, le ciel, j'avais dit, ils m'ont mis des nuages. Je vais les pousser sur le bord de l'avion. Un jour, dans le brouillard d'une baie bretonne, nous avions croisé en mer un promeneur et son chien, là, le long des bordés bâbord. Nous nous étions précipités sur le guindeau pour mouiller l'ancre du vieux gréement qui filait droit vers la grève luisante. C'est encore loin, le dispensaire ?

Mais tu n'as donc pas percuté, abruti ? Tu aurais fait tout ce chemin sans même en chercher la vraie raison, toi qui analyses tout, pèses et soupèses les choses de la vie, les chemins parcourus pour de vrai et tous les autres dans ta tête, les signes qu'on t'envoie, même les plus sibyllins, toi qui conjectures comme un malade, qui sais par avance les réponses aux questions que personne ne te posera jamais, qui anticipes le pire et parfois le meilleur et leurs contraires au risque de plantages mémorables, tu n'as donc rien vu, rien compris ? Et le balbuzard, tu as oublié ? Il a beau voler loin de son Île et longtemps suivre des chemins connus de lui seul, il revient toujours au nid, sa deuxième mémoire à l'œuvre dans son cerveau-boussole. Et tu t'étonnes aujourd'hui d'un fantôme soudain réincarné, celui d'une Îlienne jamais oubliée, unique dans ton histoire, jamais enfouie, toujours aimée, sans cesse préservée, jamais mise à l'écart de tes chants secrets, à l'abri des outrages du temps, jamais aussi obsédante et soudain aussi présente ? Rappelle-toi seulement que c'est bien ici, comme une balise bleue sur le bord de ta route, que tu as croisé une Inconnue à la cotonnade fleurie bordée de dentelle blanche.

Sa main dans celle d'une vieille, la tête droite, les yeux bien plantés dans les miens, le pas seulement un peu hésitant, elle vint vers moi et me dit simplement : bonjour, je m'appelle Marie, vous êtes mon père et je suis heureuse de vous connaître enfin.

D'abord, rester debout. Gérer son corps, le souffle suspendu, les épaules en capilotade, le cœur en vrac, la poitrine en creux et les jambes en croche-pied. Dans ma tête, mon pendule qui se fige pour un long moment d'hyperconscience, l'environnement immédiat au grand-angle et le point sur le visage de Marie, un peu effrayée, mais sans doute pas mécontente de l'effet produit. Pas d'effusions, disait mon père. Mais là, tout de même, il serait malhonnête et sans doute ridicule de réprimer les signes couramment admis de la surprise, de l'émotion, de la fierté aussi, de beaucoup de fierté. Empêcher les larmes de monter et les mots de rester coincés. Si le regret du temps perdu vient un jour, ce sera plus tard. Profite, disait ma mère, histoire d'arrondir les préceptes de mon père.

Trouver un endroit pour nous asseoir. Pas complètement hors du cercle, un peu à l'écart, juste assez pour que les vieilles puissent nous voir. Se demander si on allait se parler. Oui, puisqu'elle avait fait le premier pas. Chercher la bonne tessiture, ni trop grave, ni trop chantante. Lui proposer de se tutoyer. Plus tard, si elle veut. Ne pas l'ensevelir sous des milliers de questions. L'écouter se découvrir. La regarder sans l'insistance qui me taraude. Ne pas la gêner. Revoir sa mère un instant et me dire que ce n'est plus elle, mais qu'à y bien regarder, peut-être que si, finalement. Savoir d'instinct que le chemin sera long et douter de tout, du moindre mot, même du premier geste d'affection, s'il venait. Calibrer les regards, ceux des autres et ceux que nous échangerons demain, ou après.

M'en voulait-elle ? Que lui avait-on raconté ? Quand ? Quel âge avait-elle quand elle avait senti qu'un mystère entourait sa naissance ? Et d'abord, quel nom portait-elle accolé à celui de Marie ? Ne pas l'assaillir avec les qu'en-dira-t-on auxquels elle n'avait aucune réponse. Laisser faire le temps. Mais comment fait-on dans le village pour vivre pendant des années avec ce non-dit, le soupçon peut-être, en tous cas les sous-entendus, les moqueries des copains à l'école et des garçons qu'elle devait rencontrer ? Immédiatement, me dire qu'elle avait fait l'économie d'un père pendant des années et que je commençais à la passer à la question, que je n'en avais pas le droit et que je devais le comprendre à son sourire, ses silences et à la tranquille assurance qu'elle me montrait déjà. Et m'en satisfaire. Considérer sa peau métissée, mais attendre pour lui dire sa troublante ressemblance avec l'Inconnue. Savoir qu'elle s'inscrivait dans l'histoire de l'Île, qui devenait un peu la mienne. Ce qui ne me donnait aucun privilège. La laisser raconter comment ses tantes et ses oncles l'avaient élevée, petite fille de la Tribu posée au bord de la Mer. Ne rien précipiter, ne pas lui faire répéter, lui donner tout son temps et m'empêcher de me voir en miroir dès qu'elle m'emprunte une expression, un geste familier ou qu'elle me dit qu'elle aime aussi marcher le long de la mer, les yeux sur l'horizon et le cœur en chamade. Expliquer, expliquer encore que, de mes préfectures ou de mes bateaux autour du monde, je ne savais rien de son existence. La prier de me croire, de ne pas m'en vouloir. Mais lui dire que je suis heureux de l'avoir découverte, à mes antipodes, parmi les siens devenus un peu les miens.

— C'est encore trop tôt, je sais, pour te raconter la Grande École, le stagiaire du Résident, les missions dans le Nord, la tentation de toujours revenir dans la Tribu du Bord de Mer, comme par instinct, parce que je m'y sentais accueilli, que c'était précieux pour moi et regarde, j'y suis revenu comme on revient à la maison. Non, ce n'est pas chez moi. C'est chez toi. Un peu comme un chez-moi. Mais pourquoi les choses se sont-elles goupillées ainsi ? Si quelqu'un m'avait dit, je serais revenu te chercher. Léonce m'aurait conduit. Et sans doute ne serais-je jamais reparti. Je serais presque devenu un Îlien, un Presque Îlien, on m'aurait adopté, moi aussi. Te raconter, ou pas, l'Îlienne croisée dans la Tribu du Bord de Mer voilà trente ans.

— Mais oui, tu lui ressembles, au point que j'ai cru devenir fou en te voyant. Elle était belle. Comme toi. Je vais te raconter, le feu de camp, Lisa, ta mère. Plus tard. Mais où est-elle ? L'as-tu revue ? T'a-t-elle parlé de moi ?

Tu ne dis rien. On ne se connaît pas, Marie, pas encore, mais je te connais si bien. Au point que je veux tout te donner. Ne rien t'imposer, simplement t'offrir. Parce qu'il faut que tu rattrapes le temps d'avant, profiter de tout ce que j'ai appris et que les circonstances ne t'ont pas permis d'apprendre avec moi. Je sais. La Tribu du Bord de Mer t'a vue naître et grandir, et si tu es là aujourd'hui, comme je te vois, c'est que tu es chez toi, que tu y as été heureuse, que ta famille t'a élevée comme une mère l'aurait fait, un père, je ne sais pas. Qu'elle t'a donné ton regard généreux et le sens de la communauté qu'on n'a pas toujours de l'autre côté de la mer. Je t'entendrai, Marie. Comme toi, je suis perméable aux sentiments, au chaud sur ma peau, à la solitude des matins tristes, à la mélodie d'un palabre, au miroir de l'estran et aux gargouillis du flot à l'embouchure du creek.

— Mais que sais-tu des balises bleues, Marie, de l'espace infini au-dessus des nuages rangés en chevrons sur le lac de Pskov, des ressacs tétanisés de froid dans le sud de Verkoyans, de la mer au-delà de la Grande Barrière, de sa houle courte slalomant entre les Caraïbes et de ses gris vert-luisants pendant les grandes tempêtes de février sur le bateau d'Ouessant ? Es-tu déjà restée muette devant la pétole de l'aurore des temps, quand la marée d'équinoxe se retire en baie de Somme ? Que sais-tu de l'horizon courbe et des dégradés indigo du ciel, avant qu'il ne passe au bleu moana du lagon ? Imagines-tu le Grand Hôtel de Cabourg et l'escalier de briques huilées que descendait Joséphine Baker échappée du Bal Nègre de la rue Blomet, les termitières géantes des Hauts-Plateaux malgaches du côté de Fianarantsoa, Barbara et son dos nu collé à l'écorce, la démence géniale de Rachmaninov et les Gymnopédies de Satie, les ocres de Saint-Céneri et la Merveille du mont, les châteaux cathares et les élancements de Vézelay ? As-tu déjà souri des

enfants qui se penchent au-dessus du bassin hexago-
nal du jardin du Luxembourg pour repousser de leur
badine leurs voiliers de bois partis virer le Fastnet ? Et
cillé des yeux devant la Grande Muraille de Chine, les
géants de l'Île de Pâques, la nouvelle skyline de Manhattan et le marché des Rocks sous le Porte-manteau
de Sydney ? Et imagines-tu que les nuages, en Sibérie,
ne cachent pas le soleil puisqu'il n'y a personne des-
sous pour s'en désoler ?

Pourrais-tu me dire si les fantômes de Kovola sur-
vivent encore, quelque part au milieu de nulle part
et si les mamouchkas enchâssées des Noëls de mon
enfance y cheminent toujours ? Sais-tu le bonheur
d'entrer seule dans une église, simplement parce que
tu en as envie ? Ou besoin. De la fraîcheur de l'esprit au
milieu de la touffeur estivale. Dans le silence soudain,
un vieux chinois vient s'asseoir près de toi. Il se défait
de ses sandales. Maintenant, il feuillette à l'envers un
livre à enluminures rouges et dorées, peut-être un
traité bouddhiste ou une sourate de Constantinople,
le Talmud ou simplement la Bible. Il ne dit rien, tota-
lement dédié à sa tâche. Et de le voir ainsi, hors du
temps, tu te féliciterais que la Terre soit ronde et les
rencontres encore possibles au coin de la rue.

Et puis je te dirai aussi mon histoire, celle du pays
où je suis né et dont le drapeau flotte au-dessus de
chez toi, à côté d'un autre dont tu me diras aussi l'histoire, comment notre pays peut faire bloc quand on
veut le déchirer, comment de grandes libertés y sont
nées et comment des générations sont mortes de les
avoir défendues. Je te dirai les fautes qu'au nom du
profit et de l'orgueil, jamais du hasard ni de l'impé-

rieuse nécessité, il a commises sur bien des terres lointaines et pourquoi les femmes d'ici s'habillent de cotonnades colorées bordées de dentelle blanche.

Entre un conseil d'administration à l'hôpital et un rapport de mission au Résident, je m'étais exercé avec Léonce à lancer la nasse plombée au bord du rivage, j'avais débroussé des parcelles d'acacias et aidé au rassemblement des bêtes dans les yards de Patrick. Dans une forêt du Sud, j'avais vu abattre un arbre soigneusement choisi par les anciens pour qu'il devienne pirogue à balancier. Dans l'Archipel de la Loi, j'avais pieusement recueilli l'huile odorante coulant du cœur d'un tronc de santal. Et, sur un marché de l'Intérieur, j'avais même avalé sans grimacer les gros vers blancs qu'une mamie taquine présente aux touristes comme autant de rites de passage.

Mais la mangrove, ce n'est pas pareil. Elle n'est pas qu'un vulgaire fatras de voûtes barbotant dans une eau turpide. La mangrove de l'Île, c'est une poitrine profonde pour qu'y respire la mer et un ventre fécond pour qui doit s'en nourrir, le paradis des tortues, des dugongs et des poissons aux noms d'ici. Au rythme des marées, elle s'emmêle au fond des embouchures dans cet espace mouvant entre la laisse de haute mer et le bas du flot.

Capable de filtrer ce qui est bon pour elle, et donc pour nous, elle se régénère spontanément du mouvement de la lune, parfois de l'eau et parfois de l'air, fragile bouillon de culture à la frontière entre le proche et le lointain. La mangrove, c'est l'universel à portée du regard. Sans elle, le rivage ne serait que la côte et la Terre privée de ses poumons comme un poisson de ses branchies.

Pour faire connaissance, Marie avait choisi de me conduire sur le terrain de jeu de son enfance, des hectares de palétuviers montés sur échasses baignant dans une eau tiède, bien à l'abri de la houle, loin derrière la Grande Barrière dont on devinait l'ourlet blanc. Du bord, quand elle était trop petite pour s'y aventurer, accrochée à la robe ou dans les bras de ses grands-mères et plus tard, toute seule, elle connaissait par cœur son jardin immergé, les bonnes heures du matin pour s'y enfoncer, les passages replantés qu'il ne fallait pas piétiner, les repères pour éviter les troncs branlants et les zones trop spongieuses pour être traversées sans peine. Elle savait aussi ce que la marée autorisait sans danger de se perdre, les trous où se cachait le poisson et ceux où les gros crabes noirs et jaunes n'auraient aucune chance de lui échapper.

Marie vit rapidement que cet espace ne m'était pas familier. Que je le redoutais un peu. Je lui dis que je ne m'y étais jamais frotté, de peur de m'y perdre cœur et âme. Par gestes, elle me montra comment me dépêtrer de cette vase grasse qui m'enserrait jusqu'au-dessus des chevilles, comment garder l'équilibre en évitant de m'accrocher aux branches poussiéreuses de l'entrelacs et repérer en silence son habitant le plus fameux, le crabe de palétuvier. Un œil sur les bulles remontant à la surface, le nez collé à l'eau troublée par notre approche et le bras enfoncé jusqu'à l'épaule, il fallait titiller d'une longue badine le trou proche d'une racine où il jouait les cadors, sa redoutable pince brandie comme un poing contestataire. Puis, d'un geste aussi sûr que celui des ligneurs de la Chaussée de Sein, profiter de la seconde où il s'y accroche pour le tirer hors de l'eau avant de l'emprisonner dans le caoutchouc noir qu'on garde enroulé autour du poignet. Marie avait le tour de main pour éviter les pinces du monstre. Moi, moins. Mes quelques tentatives de l'imiter tournaient à la catastrophe. Maculés de vase nourricière, perdus dans ce fouillis de racines aériennes, nous ne nous quittions pas des yeux, moi me donnant une contenance en portant le sac de jute qui s'alourdissait au fil des heures, elle, se jouant des monstres luisants qu'elle attrapait comme à la parade.

Nous savions sans nous le dire que l'histoire de Marie était là. À grandes enjambées au-dessus des racines glissantes, elle me mettait simplement dans la confidence. Elle me révélait ses secrets millénaires, elle m'initiait, comme une héritière de l'Île, flanquée d'un père venu d'ailleurs qui en faisait la Pure Métisse chère aux mânes du Leader. Elle était le porte-drapeau de tous les mélanges, de toutes les rencontres que le reste de l'Île s'était longtemps acharné à ne pas prendre en compte. Elle me le livrait à sa façon. En plus du lexique indispensable au dialogue avec les vagues et la voûte céleste, on lui avait confié que de toutes les tribus du bord de mer, seule la sienne s'écrivait en majuscules, car c'était d'ici, au cours de cérémonies mémorables dont seules témoignent quelques gravures de l'imagerie coloniale que partaient les échanges avec les Clans des Monts dont Léonce avait fini par me parler. Elle en était maintenant la gardienne. À l'abri des regards étrangers, peut-être ce commerce continuait-il aujourd'hui, redoutant simplement de devenir folklore ou pire, thèse d'ethnologie.

Assis dans un recoin de la mangrove, doucement, sans casser les silences ni bousculer nos pudeurs, nous avons commencé à resynchroniser nos vies, croisant les époques, les acteurs, les images, attentifs à resituer chaque épisode parmi ceux que nous avions vécus ensemble, proches, mais si lointains. Marie me raconta ce qu'elle savait ou plutôt, ce qu'on lui avait dit de ces années où j'avais déserté à mon insu une histoire qui aurait dû être la mienne. Elle n'était pas encore née, petite fille de la Tribu du Bord de Mer pour savoir la lente bascule, irrationnelle et sournoise qui avait marqué mon année de stage chez le Résident.

D'abord, de simples ombres qui se délitent, classées dans la rubrique des faits divers en pages intérieures de *L'Îlien*, le quotidien local. D'innocents conflits de voisinage, des râlés-poussés, des pics de fièvre, des rumeurs, des malentendus pas encore qualifiés d'historiques, tout juste chargés de cette mémoire immanente des générations qui se succèdent. Puis l'ordre public en désordre, les premières échauffourées en ville et autour des gendarmeries de Brousse, les menaces bientôt non voilées dans les discours du Chef, du Leader et surtout de leurs entourages, chauffant à blanc la place des Flamboyants, les peurs distillées, la course aux surenchères. Marie ne pouvait pas se souvenir des forces de l'ordre appelées en renfort de Paris avec mission de ne jamais laisser se croiser les foules galvanisées au soleil brûlant par des dialectiques assez peu maîtrisées. Comme pour confirmer l'histoire qu'elle me rapportait, je témoignais des heures de dialogues de sourds autour du Résident aux aguets, des visiteurs du dimanche soir et des nuits écourtées pour le cabinet au grand complet.

En grandissant, Marie commença à se fabriquer sa propre mémoire, attentive à ce qu'elle entendait dans les rétrospectives à la télévision et dans les palabres des hommes de la tribu. Elle l'évoquait avec une étonnante lucidité et même cette douleur rentrée qu'autorisait l'âge adulte qui pointait. Maintenant que la paix était revenue, elle ne pouvait qu'imaginer le chaos et la violence à sa porte. On lui avait raconté la rentrée des classes de ses aînées, quand, pour la première fois, le bus de ramassage scolaire n'était pas venu. Un barrage sur la route, les parents avaient gardé les enfants à la maison. Partout dans l'Île, le vent mauvais, les incendies, les caillassages, les fermes évacuées et détruites. Avec elles, disloquées des générations qui se ressemblaient pourtant, mais dont le passé commun ne passait décidément plus. Une Île en mode autodestruction. Terres désertées, granges brûlées, récoltes détruites, bétail massacré ou en errance, tribus déchirées et lignages perdus, familles divisées, endeuillées, déplacées jusque dans les tours fantomatiques de la Banlieue, voitures, bus et camions de la mine se déplaçant en convois escortés par des blindés bleus sur les pistes des vallées pour échapper aux embuscades, jeunes abattus sur les propriétés, d'autres aux portes des villages, projecteurs, sabres d'abattis et fusils à portée de main dans les 4x4 en tenue de camouflage, groupes d'autodéfense dans les villages reculés, milices plus ou moins spontanées autour des boutiques et des écoles dans les quartiers privilégiés de la Capitale, gendarmes mis en joue et tirés comme des gibiers, vieux débordés, appels au calme inutiles, arrestations et comparutions immédiates dans un palais de justice bientôt réduit en cendres, la mort brutale des frères du Chef et le couvre-feu à la nuit tombée. Jusqu'au drame qui réunit au creux d'un même linceul sanglant gendarmes et Îliens dans un village rebelle de l'Archipel de la Loi.

Voilà comment les choses se sont déroulées, me dit Marie, comme pour me confirmer que les acteurs de cette guerre-là avaient été les mêmes que pendant les grandes révoltes des amis du Chef, celles des autres siècles et que personne n'avait compris ni appris qu'ici, l'avenir est une aventure.

Rétrospectivement, j'ai eu peur pour Marie. C'est ici, dans le Nord et sur la côte de la Mer de l'Est que les amis du Chef étaient les plus nombreux. Et c'est aussi ici, l'histoire têtue en a décidé ainsi, que l'urgence de poser les fusils avait alors été la moins partagée. Mais le Sud ne leur enviait rien. Le Nord, qui l'avait vu naître, avait été pendant ces années-là le théâtre des affrontements les plus violents. Toutes proches de la tribu de Marie, les grandes propriétés avaient été revendiquées et les routes menant aux mines interdites, au nom d'un héritage usurpé par le sang, disaient les uns, gagné au prix du temps, disaient les autres.

Des années après, comme Marie assise avec moi au bord de la mangrove, les gens de la tribu se repassaient en boucle les images de la télévision que le couvre-feu n'avait pas occultées. Revenaient aussi les récits qu'en faisaient encore tous ceux qui, d'un bord ou de l'autre, avaient frôlé la mort ou l'avaient rencontrée en enterrant leurs proches. Ils en parlaient doucement, comme d'un malheur collectif qu'il fallait à tout prix oublier, à défaut de pardonner. Pour tous, pour les grands-mères de Marie et les jeunes maintenant partis en ville, pour les anciens voisins encore là, la vie d'après ne serait plus complètement la même, les stigmates seraient trop lourds à assumer et les regards impossibles à croiser sur une histoire pourtant commune. Les armes avaient pris le dessus. Même parmi les tiens, Marie, la guerre-qui-ne-disait-pas-son-nom avait raidi les cœurs, semé son héritage de discordes et détruit l'ordonnance ancestrale de la Tribu du Bord de Mer. Elle avait affranchi les plus jeunes de toute raison et disloqué la parole des anciens, accrochés à leur sagesse coutumière comme à une fragile balise bleue dans une garenne désertée.

Mais tu me dis aussi que les femmes avaient eu leur mot à dire et qu'elles ne s'en étaient pas privées. Elles sont le versant maternel des sillons, elles anticipent les saisons et elles en connaissent les fruits. Tes mamans savaient que la Case Commune était si menacée par le discours des hommes qu'elle risquait de s'écrouler, entraînant l'Île avec elle, sans espoir de la reconstruire de sitôt. Jusqu'au jour d'hiver austral où, comme on abat ses derniers atouts à la table de poker, le Chef et le Leader vous ont supplié de vous pardonner et de vous consacrer à la patiente construction du Nouveau Partage. Ils ont pris le risque insensé d'être bannis de leur camp ou pire, de passer pour des traîtres qu'il fallait faire taire. Ce qui est arrivé. Tu ne t'en souviens pas, Marie, tu es née le jour de la mort du Chef.

— Mais tu n'imagines pas comment, pendant tout ce temps, sitôt quitté Léonce, je t'ai suivie alors que j'ignorais jusqu'à ton existence, comment je l'ai partagée, la longue résilience de l'Île. Je peux même t'avouer que je l'ai vécue au point d'en fatiguer mes préfets, même pas impressionnés par mon don d'ubiquité, tout juste agacés de ce qu'ils appelaient « mon existentialisme îlien ». Bien sûr, j'étais loin et ton quotidien m'échappait, mais à distance j'aimais l'idée que l'Île se construise en temps réel, que l'actualité du jour soit balayée à minuit pour se transformer en histoire dès le lendemain et que se dessine sans Photoshop un pays cheminant d'un pas mal assuré, chutant à la moindre contrariété des Chefs, des Leaders, des entourages ou des opinions, mais les rendant si fiers dès qu'une porte poussée ne se refermait pas brutalement sur eux.

C'est vrai que, depuis, bien des choses se sont passées dans l'Île-laboratoire. On a même fait des livres de ces Vingt Glorieuses, avec ses airs de paradis retrouvé, son bonheur payé comptant, l'argent brûlant les doigts, les cartes redistribuées à la façon consensuelle du Grand Océan, les pouvoirs mieux répartis entre amis et même cette décision inédite de répartir le fruit des richesses en fonction de l'histoire de l'Île et non seulement de sa géographie. C'était une vieille revendication des amis du Chef, qui n'était malheureusement plus là pour mesurer le chemin parcouru.

— Mais je ne vais pas te raconter ton histoire, Marie, je n'en ai ni l'envie ni surtout le droit. Je sais depuis les chaudes soirées de négociations à la Résidence que l'offense constitue une part importante de l'identité communautaire. Et je ne veux pas t'offenser. Je voudrais seulement savoir, toi qui la portes, si tu te sens aujourd'hui assez forte pour vivre toute ta vie dans ton Île en perpétuel déséquilibre, de bihouée comme un dit au pays bigouden, aussi blackboulée que les barques de ta tribu les jours de Lisa, si lourde de silences, si profondément empêtrée dans le non-dit, l'emblème empoisonné qui se la joue panacée au moment précis où il faudrait que l'Île parle, qu'elle se libère de ce qu'elle a sur le cœur, qu'elle crie au monde, et d'abord aux Îliens, combien elle souhaite vivre en paix, à l'écoute attentive d'elle-même et des siens?

Feras-tu ton affaire de ces agapes mémorables que devront un jour se partager les Korrigans de la Mangrove et les Chevaliers des Niaoulis autour d'une Table Ronde dressée entre mer et monts? Te demandes-tu si l'Île saura un jour ce qu'elle doit faire de sa différence? Et toi de la tienne? Auras-tu la constance de tes mamans, la sagesse de tes grands-pères? Es-tu prête à épouser le temps plus long ici, celui que mesurent la montre des anciens et les palabres des chefs? Sauras-tu longtemps chavirer de bonheur sur le chemin de la mangrove, ta gaulette à picots sur l'épaule, à la recherche du crabe que tu vendras dans des paniers tressés au colporteur du Tour de Côte? Tu ne te poserais plus aucune question puisque, me dis-tu, c'est ainsi que l'histoire s'écrit depuis toujours dans la Tribu du Bord de Mer? Et es-tu suffisamment armée pour trouver des motifs d'espérance dans les réponses à ces questions lancinantes sur la place de chacun et celle qu'on laisse au voisin sans barguigner? Sauras-tu t'inquiéter toute ta vie pour ce Nouveau Partage signé un petit matin d'armistice sous les ors de la rue de Varenne et que tu devras conserver comme une sainte relique jusque dans la Tribu du Bord de Mer, pour tes enfants et mes petits-enfants?

Mais surtout, Marie, regrettes-tu de ne pas être née Îlienne de père en fille, es-tu fière d'être la Pure Métisse que me racontait feu le Leader?

On m'avait prévenu, je ne reconnaîtrais pas la Tribu du Bord de Mer. La région était maintenant dirigée par les amis de feu le Chef. Au sortir de la guerre-qui-ne-dit-pas-son-nom, désormais inscrite dans le marbre des manuels scolaires de l'Île, ils s'étaient dotés du droit d'exploiter et de transformer sur place l'or vert du mont Nickel, une mine de légende classée par le Guiness en tête du hit-parade des plus grosses réserves au monde. La Grande Usine en construction allait être la preuve vivante que le Nouveau Partage était à bien l'œuvre.

Depuis la découverte qu'en avait faite un ingénieur stéphanois sur un mont du Sud et la révolution industrielle qu'il avait provoquée au siècle suivant, le caillou émeraude était extrait dans toute l'Île, mais la seule usine à le traiter jusqu'à présent était celle dont on voyait les quatre cheminées chapeautées de rouge à l'entrée de la Capitale. C'était la Vieille Usine. Elle appartenait à la Société Nationale de l'Or Vert. Malgré les cycles de ses affaires, aussi erratiques que les cours mondiaux qui lui donnaient ou lui retiraient aussitôt ses couleurs d'eldorado, elle constituait le patrimoine inaliénable des Îliens, la caution de la République qui détenait quelques précieux jetons de présence dans son conseil d'administration et la garantie sonnante et trébuchante d'une bonne vie pour tous ceux qui y travaillaient. La S.N.O.V. possédait de nombreux gisements et en sous-traitait d'autres dans l'Île : elle en était le poumon, la tirelire, le cœur historique de son histoire syndicale, le baromètre et la Sainte Patronne. Mais aussi, pour les amis du Chef qui s'en estimaient exclus, elle était le symbole d'une richesse mal répartie et la preuve du mauvais rôle qu'on leur réservait dans la gestion de l'Île. Après tout, ils étaient les descendants du Premier Occupant et ils ne devaient pas devenir les victimes de leur propre histoire. Ils considéraient donc qu'en possédant leur propre Grande Usine, assise sur le gisement fabuleusement riche qu'ils convoitaient et rafleraient sur le tapis vert de l'histoire, ils en disposeraient librement, en tous cas autant que le marché mondial et ses aléas le permettraient. Ils pourraient en redistribuer les dividendes à leur guise, essentiellement parmi les Îliens du Nord qui s'en trouvaient fort aise puisqu'ils en avaient le plus grand besoin. Et maintenant que la chronique des années de cendres avait déroulé ses derniers épisodes, la Grande Usine pouvait émerger dans le ciel de la tribu.

Marie était une artiste. En tous cas, elle avait le sens de la mise en scène. Le lendemain, elle me fit donc marcher quelques kilomètres jusqu'au nord de la mangrove où, comme dans un rituel devenu nôtre, elle m'avait immergé dans les fonts baptismaux sacrés-salés de ses cathédrales amphibies. Devant nous, sous le souffle bruyant d'éoliennes géantes déployées sur les crêtes voisines, des centaines d'hectares de terres lunaires balayées par l'alizé avaient repoussé vers la mer le vert de la végétation. Jusqu'au flanc de la montagne était taché de la poussière du chantier,

Ce que Marie allait me montrer serait sa réponse à toutes mes questions, à l'image de cet immense meccano de tubulures bleues surmonté d'une cheminée haute comme vingt étages surgie tel le mirage du capitaine Haddock délirant dans le désert.

Artiste, mais pas seulement, elle m'expliqua qu'ailleurs dans l'Île, l'or vert n'était extrait des mines de cocagne que pour être dilapidé, soumis aux caprices d'une lointaine bourse londonienne, chargé sur les bateaux-vampires et exporté précipitamment, privant les Îliens des bénéfices de sa transformation en métal précieux.

Simplification sans doute excessive, voire un tantinet partiale, mais dont je saisis rapidement le ressort.

Pendant les heures de notre visite du chantier, Marie se montra très érudite pour m'en détailler le fonctionnement. Ce serait la plus grande du monde, insistait-elle, ses technologies seraient uniques sur un gisement qui ne l'était pas moins. Comme si elle préemptait la suite, elle me détailla le carottage très sélectif des veines en haut du massif, le criblage et le broyage des minéraux dans les énormes concasseurs qu'on voyait là, la longue serpentine de plusieurs kilomètres jusqu'à la Grande Usine où, homogénéisé, calciné, affiné, débarrassé de son soufre et réduit en grenailles soigneusement calibrées qu'elle appelait les chips, le minerai d'une teneur moyenne de 2,46 % ainsi transformé irait terminer sa course dans les cales des minéraliers attendant à quai dans le port construit aux portes de la mangrove. Pour faire le compte, Marie m'entreprit sur le confinement des poussières, le rendement énergétique exceptionnel du site et la priorité qui serait donnée à la préservation de l'environnement. Elle admit les possibles dommages causés dans son lagon par les boues rouges s'écoulant de la mine, pour aussitôt me convaincre des vertus des bassins de décantation dont c'était justement la vocation de faire de la Grande Usine l'entreprise écocitoyenne de référence. Elle me vanta les techniques originales permettant la maintenance allégée des produits réfractaires, le système de recyclage des gaz, les procédés novateurs de la pyrométallurgie, et elle me précisa même la température nominale des fours dès lors qu'ils seraient en exploitation : mille degrés pour la calcination et mille six cents pour la fusion avant l'affinage.

Le casque de plastique blanc qu'on nous avait imposé pour pénétrer sur le site me parut soudain peser des tonnes. Mais où était passée Marie-de-la-mangrove ? Ses rires de fillette quand je manquais de m'y affaler, son « bonne chance, le crabe ! » quand il se carapatait, ses inquiétudes d'héritière de la tribu de ne plus pouvoir aller prélever sa dîme dans le garde-manger bordant sa maison ? En un tournemain, lunettes anti-poussière sur le nez et gilet jaune fluo enfilé sur le T-shirt aux couleurs de la Grande Usine, Marie n'était plus la descendante de l'Inconnue à la cotonnade bordée de dentelle blanche, mais la manager émergente à fort potentiel que rechercheraient les promoteurs du site, vantant dans leurs prospectus en couleurs les parcours de formation interactifs et personnalisés qui devraient doter leurs futurs salariés de la posture managériale indispensable au Nouveau Partage.

Long silence pour ponctuer ces explications enthousiastes. Le temps de partager avec Marie sa foi en des lendemains meilleurs, de lui montrer mon trouble devant tant de conviction — pour aussitôt le regretter — et de m'émouvoir sans malice des perspectives que ferait naître l'Usine, mais aussi de ses éventuelles déconvenues, à l'aune des cracks aussi fameux que les booms de ce que les contempteurs de l'or vert appellent le Métal du Diable.

— Ce caillou est une mine, me répondit Marie, avec un aplomb que je ne lui connaissais pas.

C'est vrai qu'un violent tsunami avait déferlé sur la Tribu du Bord de Mer quand, de discours allégorique, le projet de Grande Usine était devenu réalité, avec ses partisans convaincus qu'elle serait la clé de voûte de leur émancipation économique et ses adversaires, tout aussi déterminés, inquiets de voir s'écrouler les valeurs fondatrices de la tribu au rythme des salaires qui seraient distribués, jusqu'aux travaux collectifs qui en pâtiraient et la sacro-sainte hiérarchie verticale qui n'en sortirait pas indemne.

Le chantier avait profondément divisé le village. En quelques mois, les ombres portées sur les crabes de la mangrove avaient envahi le quotidien des familles et pollué les débats dans la maison commune de la tribu. Pour y répondre, les promoteurs de la Grande Usine avaient proposé d'associer les petites entreprises locales au projet. Un droit commercial local, directement issu des règles coutumières, mais insuffisamment vertueux pour éviter les chamailleries, accompagna la création de petites affaires, plus tard associées en groupements et dotées de contrats de terrassement, de transport ou de gardiennage. Dans la tribu, il fallut d'interminables palabres pour que ne se rallument pas des guerres de sinistre mémoire. Les investisseurs entendirent les vieux redouter de devoir se replier sur une zone de pêche réduite, comme à l'époque du cantonnement indigène. On proposa en retour d'aider à replanter les secteurs de la mangrove détruits lors du creusement du port. On promit aussi aux clans pêcheurs d'agrandir la réserve coutumière, la zone exclusive où se reproduisent les tortues exceptionnellement prélevées les jours de fête.

Dans le lot d'investissements que permettait l'avancée du chantier, on creusa des routes et répara des ponts, on redessina la place du village et construisit une nouvelle mairie et même un bâtiment à deux étages. On multiplia les écoles et distribua de bons salaires, en attendant les futurs bienfaits que la Grande Usine allait répartir. On avait doté de postes télé chaque chambre de l'hôpital, organisé des concours pour que les enfants puissent imaginer leur vie d'après et aménagé des stades de foot pour leurs aînés. Les milliers d'ouvriers et d'ingénieurs embauchés pour la construction de la Grande Usine avaient dû se loger, se nourrir, se distraire, trouver une école pour leurs enfants, voire construire leur maison pour y faire souche et y entamer une nouvelle vie. Les Îliens de la Tribu du Bord de Mer avaient été les premiers auxquels on proposa de se former aux métiers de la mine. Marie en bénéficia. Elle avait déjà suivi un stage qui l'avait sensibilisée aux carrières qui s'ouvriraient à elle. Les concessions automobiles firent de belles affaires, les 4x4 tout neufs embouteillèrent la route de la Mer de l'Ouest, les entreprises de bâtiment investirent et les hôtels firent peau neuve. Quant aux heureux propriétaires de pavillons-jardinets construits en batterie dans les lotissements électrifiés à la hâte, ils ne regrettèrent pas leur mise dès qu'ils touchèrent leurs premiers loyers. Il n'y avait aucune raison pour qu'il n'en soit pas ainsi sur les flancs du mont Nickel, bien des pays avaient connu des épisodes semblables d'emballements collectifs.

— La différence avec les autres grands chantiers ouverts dans le Sud, me dit Marie, c'est qu'ici les amis du Chef, aux manettes avec les investisseurs étrangers, ont pris soin d'associer la tribu à la construction de la Grande Usine. Dès demain, elle sera le mât de l'indépendance économique de l'Île, disent ceux du Sud, de son indépendance tout court pour nous. Elle deviendra la nouvelle Maison Commune, la corne d'abondance dont les bienfaits profiteront au plus grand nombre.

C'était donc ça. Marie revisitait l'histoire du cheval de Troie. Et je réalisais qu'elle l'enfourchait de bon cœur, comme ses cousins qui s'entraînaient au rodéo dans le corral du vieux. Elle avait grandi dans l'inconfort d'une histoire qui ne lui laissait aucune prise, et voilà que soudain, on lui offrait de bouter ses doutes hors de son futur de jeune héritière de la tribu et de décliner à l'infini les bienfaits d'un avenir qui chante à tue-tête dans le brouhaha ambiant.

Encore tout étourdie par sa prestation sur le mont Nickel, Marie dut pourtant supporter mes questions sur le chemin du retour. La Grande Usine est-elle vraiment la panacée pour l'avenir ?

— Tu le sais, c'est même au programme de tes examens, l'or vert joue au yoyo sur tous les tapis verts du monde depuis la découverte de l'ingénieur stéphanois, il y a des lunes. Au point de donner la fièvre à l'Île plus souvent qu'à son tour. Les cracks et les booms, c'est même ici qu'on les a inventés. Des crabes et des picots, il y en aura toujours dans la mangrove, tes mamans en comptent les paniers au marché. Mais le nickel ? Ce n'est que de la terre riche d'un minerai qu'on trouve partout dans le monde, plus riche qu'ailleurs, c'est vrai, mais dont l'extraction coûte ici le double et dont les cycles peuvent durer des années, avec plus de mauvais que de bons. Alors, Marie, veux-tu livrer ta vie tout entière aux caprices d'un fleuve que tu ne contrôleras pas ? Ta confiance en la Grande Usine, c'est ton intime conviction ou ton adhésion à une croyance collective ? Un acte de foi ou une posture militante ? Peux-tu te satisfaire de ce qui n'est sans doute qu'une chimère et sauras-tu toute ta vie t'accrocher à tes rêves ?

On s'approchait de la Tribu du Bord de Mer et Marie s'était murée dans un silence qui, cette fois, avait tout d'une vraie fâcherie. Pas d'une simagrée d'adolescente contrariée ni d'une minauderie de jeune fille capricieuse. Une vraie peine, la première qu'elle assumait sans se cacher depuis tous ces jours que nous partagions avec ceux du village. Nous savions que se jouait là un épisode essentiel. Après tout, il fallait bien qu'à l'instar du Grand Partage qui avait mis fin à la

Guerre-qui-ne-dit-pas-son-nom, notre trouble sorte au grand jour pour que soit posée notre équation à une Inconnue. À la manière des Îliens, nous avions tourné autour pendant des semaines. Nous avions parlé en spirale, mais cette fois, nous étions nous-mêmes les enjeux de notre palabre. Ce n'était pas la crainte rétrospective des années de plomb. Mais celle du jour d'après.

Mais je te dois la vérité, Marie, je sus à ce moment précis que je touchais le fond, que mes arguments n'en étaient pas, que mes sentences relevaient plutôt d'un chantage impardonnable et que ma mauvaise foi serait sans doute inopérante pour te dissuader de mettre tous tes espoirs dans le même panier de chimères.

Maintenant qu'on me rappelle de façon insistante que mon bateau a levé l'ancre depuis bien longtemps sans moi, je redoute que Marie ne quitte jamais son Île. Cette fois, il faut que je l'entende. Il y a trente ans, l'Inconnue à la cotonnade blanche avait brutalement disparu de ma vie. Je ne voulais pas revivre l'histoire. Parler.

— Merci, Marie, de ce que tu me donnes depuis ces semaines passées à la Tribu du Bord de Mer, le temps partagé, les années rattrapées, tes rires, tes rêves, ta curiosité de tout, tes mémoires mêlées, ton histoire si précieuse et tes rêves si fragiles. Et de la confiance, puisque tout pourrait nous séparer si nous n'y prenions garde. J'en suis certain, tu ne perdras jamais rien de ce que tu es, la fille de l'Inconnue à la cotonnade fleurie bordée de dentelle blanche, imbattable à la chasse au crabe dans la mangrove et à la course aux pépites sur le mont Nickel, la native de la tribu, son usufruitière. Tu es l'Île, elle existera toujours. Où que tu ailles, tu sais qu'elle existera encore. Mais tu commences aussi à me connaître et je veux te convaincre. Aujourd'hui, Marie, veux-tu que nous poursuivions l'aventure ? À Paris ? Alors, rentrons. Comprends-moi bien, aucune insolence chez moi, aucun mépris pour toi et les tiens. C'est même tout le contraire, de la fierté et du respect. Mais tu as tant de mondes à voir, tant d'émotions à engranger, tant de visages à croiser que je ne pourrai jamais quitter l'Île sans être là pour t'accompagner dans toutes les vies que tu as à vivre.

Sur la route du retour, je t'emmènerai à Mariehamm, l'île perdue entre Stockholm et Pori. Parce qu'elle porte ton nom, je l'ai choisie pour baliser ton chemin. Tu seras surprise. Au milieu de nulle part, sans que rien ne prévienne, tu verras cette fumée s'élever dans le ciel qu'on devine glacial. Même pas une piste de terre pour briser cette solitude effrayante. Parfois une rivière naît de nulle part dans la nuée. Elle slalome tellement elle s'ennuie, tout juste heureuse de n'être pas gelée à cette époque de l'année. Mais d'aller ni de venir de rien, ce n'est pas une vie pour une rivière. Même en Sibérie.

Marie, es-tu comme moi fascinée par les chemins qui ne mènent nulle part ? Alors je te montrerai aussi ce carrefour au beau milieu d'un désert oriental, un trèfle géant dessinant une arabesque parfaite au croisement de quatre routes dont la trace se perd dans le sable roux, comme ça, sans raison, comme si les pétrodollars s'étaient subitement taris tels de vulgaires crédits municipaux sacrifiés sur l'autel d'un collectif budgétaire de septembre. Tu aimeras Luvea. Ça sonne comme l'îlot de l'Archipel de la Loi. Entourée de bancs de sable et tout juste pénétrée de quelques estuaires encombrés d'alluvions. Au centre, un village, des maisons, des routes. Sans doute des hommes et des femmes. Des enfants, des vieux. Des histoires. D'amour ou pire. Des générations qui se reproduisent ici depuis les grandes tempêtes de la Création. Mais tu t'interrogeras : par où y pénètre-t-on ? Pas un port, pas un quai, pas une piste pour les avions. Les gens d'ici sont-ils immobiles depuis des siècles ? Regarde, Marie, aucune vie ne bouge à des kilomètres à la ronde. Le grand Saint-Nicolas a dû remiser son coutelas et les frères Grimm en sont pour leurs frais. À bien la regarder, tu découvriras que la lumière irisée du soleil éclaire d'autres terres que ton Île, ses coteaux gras, ses monts, sa brousse endémique et sa Grande Usine. Aux Marquises, je veux te voir fondre devant les petits chevaux d'Ua Huka. Ils sont plus courtauds que ceux qui galopent sur les Îlots de ton lagon. Mais tout aussi sauvages. Je te présenterai aux samouraïs vainqueurs de la nuit japonaise, cuirassés dans la brume qui s'effiloche mollement au-dessus de milliers d'étranges brûlots. Ils sont là, soldats de l'Empire du Soleil levant, calligraphies qui te diraient de passer ton chemin. Ou, plutôt que de paisibles pommiers, tu verrais des forêts de poteaux télégraphiques émergeant de la poisse bleutée qu'un Hiroshige du vingt et unième siècle aurait convoquées, un peu distrait, sur son chemin du Tokaïdo. Je te montrerai les vergers en squarelands dans le sud de l'Australie, tirés au cordeau par l'homme lorsqu'il y trace ses chemins et par la nature quand on ne sait pas la main qui en a décidé de la géométrie. À Paris, tu me joueras « atmosphère, atmosphère » sur le bateau à touristes du canal Saint Martin. Et dans la lumière sépulcrale du tunnel de l'Arsenal, je te ferai écouter la trompette nostalgique du pilotin laissant monter ses notes chagrines des entrailles de la Bastille.

Voilà, Marie. Je suis rationnel, voire rationaliste, mais je ne peux pas m'empêcher de rêver.

Je veux partager avec toi toutes les émotions d'un père aimant, voir sur les hublots de notre avion les cristaux lumineux posés là par le froid allumer dans tes yeux l'éclat de ta volonté, de ta détermination et peut-être de ta peur. Mais je serai là, Marie, pour te tenir la main, regarder avec toi la Terre en perspective et voir les autres prendre corps à tes côtés, même s'ils s'imposent en intrusion violente dans ta vie de jeune îlienne de la Tribu du Bord de Mer.

Comme dans les estampes ukiyô-e, rien ne transparaissait à cet instant précis sur le beau visage de Marie. Un trouble, peut-être. Invisible. Son monde flottait entre ici et ailleurs, éphémère et pérennité, tout de suite et plus tard. Elle luttait par la raison contre mes paroles venues du cœur, pesées au trébuchet, répétées depuis longtemps, qui lui échappaient encore.

— Aimes-tu le football ? me demanda-t-elle, me faisant réatterrir à mille lieues des équipées que je lui proposais. Moi, plus petite, je jouais avec les garçons de la tribu. Nous avions dégagé une prairie un peu à l'écart et cloué quelques vieux troncs tagués en guise de buts. Je me disputais régulièrement avec notre goal quand il envoyait le ballon trop fort au-dessus de nos têtes. Il le lançait si loin que la balle arrivait directement dans les mains du gardien d'en face et nous revenait en contre, plus dangereuse que si nous l'avions conservée pour l'exploiter ensemble.

La mangrove, la Grande Usine, je commençais à bien connaître Marie, son sens inné de la métaphore et son talent à me parler en spirale. Elle me disait que je la comprenais bien, elle et les Îliens, qu'elle redoutait souvent de dire les choses trop brutalement. Elle préférait donner à penser plutôt que provoquer une réponse trop peu réfléchie ou blessante. Aurait-elle autrefois croisé mon Résident ?

— Si je te suis bien, Marie, je lance le ballon trop fort. Il passe loin de toi et tu ne peux rien en faire. Et si je l'envoyais moins loin ? Et si on inventait une règle bien à nous ? On dirait à tous les joueurs, ceux d'ici et ceux qu'on inviterait, que la balle serait strictement partagée et que l'équipe la plus forte ne profiterait pas de sa supposée expérience, quelles que soient les circonstances et l'humeur de chacun. Qu'elle aiderait l'autre, si elle le demandait, mais en y mettant les formes pour éviter les malentendus. On désignerait un vieux ou un ancien entraîneur assez futé pour décrypter nos parties et en adapter les codes. On en contrôlerait les réformes, on en dénoncerait les dérives, mais on ne pourrait pas lui donner congé sans préavis ni changer la taille du ballon. À la rigueur, on pourrait raccourcir les rencontres si l'orage gronde et les jambes sont trop lourdes pour continuer à courir dans la prairie détrempée. L'ancien pourrait être résident dans la tribu. Il serait arbitre et partenaire et on se donnerait quelques années pour apprendre à lancer nos ballons moins loin. À jouer ensemble, finalement. On signerait notre accord un soir sous la varangue de la Maison Commune et chaque année, on ferait le point sur les avancées de notre règlement et on en critiquerait les lenteurs…

— Mais c'est ainsi que nous vivons depuis des années, me coupa Marie. Depuis la fin de la-guerre-qui-ne-dit-pas-son-nom, mes oncles et mes cousins sont sur le terrain, ils jouent en permanence, ils labourent les textes, inventent des modèles, pas toujours partagés et tentent d'écrire des règles du jeu uniques au monde, où l'arrière défend son camp, mais moins que le pivot qui distribue les ballons et l'ailier qui les empêche de sortir en touche.

Et moi, poursuivit Marie, si je suis encore trop jeune pour arbitrer les matches, j'ai envie de les jouer, pas sur le banc des remplaçants, mais sur le terrain. Les filles ne sont pas si nombreuses à s'y frotter. On m'a raconté qu'en plus de leur travail ici ou au bureau, des aînées avaient été élues aux côtés des hommes au Conseil du Nord. Certaines de leurs décisions pourraient même un jour avoir force de loi. Je ne te l'ai pas encore dit, mais la tribu élit demain son Conseil des Jeunes et je conduis une liste avec des cousines. Je relaie le discours des mamans aux garçons, pas toujours raisonnables ou assez respectueux des filles. Je milite pour des formations plus adaptées à la Grande Usine et le respect des contrats signés avec les entreprises de terrassement qui ont investi l'argent collectif de la tribu pour acheter un camion et un scraper. L'an prochain, j'aurai passé mon bac et j'entamerai mon apprentissage à la mine. Je peux bénéficier d'une bourse pour devenir ingénieure spécialisée en maintenance.

La voix était claire, les mots choisis, l'émotion contenue. Marie redoutait-elle ma réaction ? Elle s'appartenait, mais ses yeux attendaient pourtant mon approbation. Et je n'aimais pas cette idée d'une permission que je devrais lui accorder. Nous avancions en terrain inconnu. Ce n'était plus la mangrove et ce n'était pas le dîner de ce soir que nous ramassions accroupis dans l'eau grise. C'était notre avenir, elle avec cette certitude que la liberté était à portée de sa main, qu'elle avait les couleurs de Grande Usine et que je devais partager cette fierté comme un gage d'amour paternel. Et moi qui dupliquais sa longue silhouette dans tous les décors de la planète, confiante face à des horizons inconnus que je voulais dépasser avec elle, certain qu'elle aurait besoin de moi encore longtemps. Aucune tension. De la mémoire vive en train de naître. Nous étions uniques, comme tous les pères et les filles du monde se parlant de leurs lendemains, de ce qu'ils deviendraient, ensemble ou séparés, d'une possible perspective que je désirais plus longue qu'une parenthèse, plus durable qu'une deuxième rencontre sur le chemin de la tribu où j'avais croisé l'Inconnue à la cotonnade fleurie bordée de dentelle blanche.

Je voulais savoir.

— Ne crains pas de me faire de la peine, Marie. Parle. Parle. Et ne redoute rien de moi. Même absent, je te saurai à poste, prête à déborder pour naviguer sur ta mer, simplement moins lointaine que les passes de Tiputa ou que la rade de Rio. Tu croiseras sur ton lagon, entre ta mangrove et ta Grande Barrière, autour des patates de corail que tu connais si bien que tu sais le nom des poissons qui viennent s'y nourrir et que tu ne ramasses pas pour être sûre de les revoir demain.

— Mon pays, c'est ici, me dis-tu, apaisée. C'est un peu le tien, mais c'est complètement le mien. J'ai grandi avec lui. Et lui avec moi. Ma différence, c'est que je le partage avec toi, maintenant. Tu me demandes si je suis fière d'être Métisse, si je me désole chaque soir de n'être pas îlienne de père en fille. Mais tu dois savoir, maintenant, comment je me sens Îlienne grâce à toi. J'ai le cœur plus grand, une deuxième mémoire toute neuve. Tu me dis que des ailleurs existent, que tu m'y emmèneras un jour. Qu'ils seront toujours là, que je les connaisse ou non. Je te crois. C'est ma marque. Ma différence. Mon nouveau label. Tu me dis que tu veux être un père aimant, mais les aimants, ça n'aime pas, ça piège, ça plombe. Moi, j'ai besoin d'un père qui m'aime. Qu'au fil du temps il devienne un ami autant qu'un père, qu'il entende que je veux continuer l'aventure de l'Île sans que le gris de ses cheveux ou le long cours de notre histoire empêche nos bonjours. Tu reviendras chez nous. Chez toi. En attendant, je serai aimante moi aussi, proche et lointaine, à la place qui est la mienne où qui le sera demain. Va. C'est ma liberté que je mets dans ton sac, celle que je revendique pour l'Île. Je sais que ce n'est pas ton choix et que pour nous deux, c'est moins simple qu'une séparation, qu'une banale indépendance.

Mais je te garantis, telle que tu me regardes là, que n'a pas été vaine ta rencontre d'un soir avec une Inconnue à la cotonnade colorée bordée de dentelle blanche.

« On m'avait dit que le stagiaire du Résident était revenu dans l'Île et qu'on l'avait vu du côté de la Tribu du Bord de Mer. C'était donc vrai. Rassure-moi, tu ne serais pas reparti sans m'appeler ? »

Décidément, on avait le génie des surprises, dans ma nouvelle famille.

C'était bien elle, belle comme au soir de Lisa, mon Inconnue à la robe de cotonnade fleurie bordée de dentelle blanche, dans cette agence de la compagnie où je passais confirmer mon billet de retour à Paris. Sous hypnose soudaine, j'ai reconnu le front dégagé, la commissure des lèvres, les pommettes hautes et le regard sans détour qui sondait mon émoi. De longues mains apprêtées, une bague à l'annulaire gauche. Un blue-jean blanc qui rallongeait encore ses jambes-lianes déjà interminables, des ballerines et un chemisier de soie grège. Ses créoles étaient de taille raisonnable et, à l'inverse des cheveux bouclés de ses vingt ans, une coupe courte, aussi brune que dans mes souvenirs, donnait à son visage ce que j'étais alors sans doute venu chercher, un espace infini entre douceur et volonté, une histoire différente fièrement affichée et, aux antipodes de sa culture d'Îlienne, une rassurante absence de contrition au moment où l'histoire s'était écrite. Ses trois maternités n'y avaient rien fait. L'icône était parfaite, un peu « socialisée » peut-être, le prix de la vie qui avait passé. Mais pas vieillie, comme on dit de ces gens sur qui le temps n'a pas prise. Pas de plis. Des bosses sans doute, mais dans sa tête seulement, puisque je ne les voyais pas. Trop de classe pour ça, trop de retenue. De pudeur aussi.

À ce moment précis, quelles qualités de comédien ai-je du montrer. Ou plutôt ne pas laisser voir. J'étais là, à quelques mètres de l'aventure la moins ordinaire jamais vécue de mémoire de stagiaire. Pas une semaine loin d'ici sans que je désespère de vivre cette minute. Et maintenant que tu étais là, je n'étais pas prêt. Tu me parlais de ton mari devenu le nouveau directeur du Méridien de l'île des Araucarias, élu l'an dernier conseiller à l'Assemblée de l'Île et investi dans un parcours politique prometteur aux côtés des amis de feu le Leader. Tu évoquais les études que tu avais faites à l'École de commerce de la Capitale et la carrière que tu n'avais finalement pas poursuivie. Tu racontais tes voyages lointains, plus que tes incursions à la Tribu du Bord de Mer. Tu me montrais la photo de ta maison du quartier de l'Ascension et de celle que vous faisiez construire, plus grande, sur la route du Golf. J'ai dû balbutier quelques mots sur mon départ de l'Île, Léonce à l'aéroport, mes années de maraude loin de la Mer de l'Ouest, mes préfectures, mes bateaux et mes peurs de me perdre sans mes balises bleues, mais rien de bien essentiel.

Car ce n'est pas de ces confidences dont j'avais besoin. Je voulais que tu me parles de Marie, de ta fuite du village, de tes silences, de ce que nous aurions pu devenir, toi, ton Île et moi, ensemble ou non, amis ou ennemis, proches ou lointains, oublieux ou fidèles. Alors que d'autres envisageaient la guerre, nous, nous avons choisi une autre voie, mais nous en avons aussitôt perdu le contrôle, toi par choix ou nécessité, moi par ignorance dont je ne m'absous pas. Puisqu'il n'existait pas encore, nous aurions été bien inspirés d'inventer plus tôt le Nouveau Partage. Marie en aurait été le premier porte-drapeau et l'Île aurait gagné du temps. Mais voilà, les années se sont chargées de parasiter cette histoire et nous en avons perdu le fil.

— Tu veux savoir, pour Marie, me demanda-t-elle. Personne n'a rien su de nous pendant des mois, ni des missions que tu effectuais dans le Nord sous des prétextes que même le Résident avait fini par admettre. Aussi compliqué que cela ait pu être, comme tu l'imagines, mes tantes n'ont rien laissé paraître quand, au fil des mois, il devenait difficile de cacher la réalité. Ma famille m'a protégée et, grâce à elle, j'ai longtemps pu garder le secret. Mais l'histoire s'est emballée, avec ses violences, ses hypocrisies de tous bords, sa rhétorique révolutionnaire et, chez nous, des tensions qui se cristallisaient contre tout ce qui ne correspondait pas aux préceptes du Chef. Et gare aux mots d'ordre de son entourage, porte-voix puis bras armé de ses discours pourtant pas tous belliqueux qu'on écoutait regroupés autour de nos transistors. Mes oncles disparaissaient la nuit pour dresser les barrages sur la route de l'aérodrome et plus haut, sur la mine. Ils revenaient souvent blessés. Les mamans et parfois les grandes sœurs les soignaient, mais en silence, sans vraiment les désavouer. Il arrivait aussi que les gendarmes viennent chez nous, respectueux parce qu'ils connaissaient bien nos vieux, mais avec des assignations ou des citations à la main, alimentant le ressentiment d'abord, la colère ensuite, tant les décisions de justice rendues à la Capitale nous apparaissaient illégitimes. Le Puma de l'Armée s'est même posé un matin sur la piste de fortune dégagée près de la mangrove. Il est reparti avec un cousin menotté entre deux gendarmes. Moi, j'ai laissé courir les rumeurs les plus folles. Le père de Marie devait nécessairement être l'un des nôtres. S'il ne se déclarait pas, c'était seulement que les Coutumes n'avaient pas été faites, ou que nos parents n'avaient pas donné leur accord au mariage qui aurait suivi. De toute façon, l'enfant serait accueilli, c'est ainsi chez nous. Il serait bien temps, après, de laisser les vieux organiser les palabres et le pardon. Et la vie aurait continué. Mais d'évidence, le stagiaire du Résident et sa vieille Peugeot, même sans cocarde, n'auraient pas été les bienvenus dans un village qui ne ressemblait plus à ce que tu avais connu du temps de tes expéditions discrètes. Marie est née au dispensaire et j'ai quitté la tribu, la confiant à mes mamans pour la protéger. Si, comme moi, tu as des regrets, n'aie pas de remords. Tu étais reparti le soir même et ta vie allait se poursuivre loin d'ici.

Toutes ces années, je suis souvent retournée au Bord de Mer. Marie est ma fille. Je lui ai bien proposé de venir vivre ici avec nous. Ses frères la connaissent, mon mari l'aime aussi. Mais d'elle-même, elle m'a dit préférer sa famille de la tribu à celle de la ville. Tu vois, ce n'est pas à Paris qu'elle ne veut pas aller. C'est chez elle qu'elle veut rester. Elle m'a demandé de ne pas m'opposer à son adoption par mon frère aîné. C'est lui qui l'a élevée. Nous avons eu quelques disputes à ce propos. Mais elle me dit que, de mon temps, mes mamans avaient respecté mes décisions. Aujourd'hui, c'est avec elles qu'elle veut vivre. Elle est inscrite aux formations de la Grande Usine, avec ses cousines. Ta fille est sereine, elle parle beaucoup de toi. Elle m'a dit hier au téléphone qu'elle n'est plus inquiète, qu'elle est heureuse de vos discussions, de vos fous rires, de vos silences aussi. Tu lui as parlé de tes ailleurs, des mers que tu as traversées, grises ou couleur lagon. Maintenant qu'elle la sait fragile, sa mangrove lui est apparue encore plus précieuse. Elle s'est moquée de tes sous-préfets en costumes rayés, et souri des dîners où, bien avant le dessert, tu capitulais en solitaire dans les limbes du Pacifique, tel un Robinson qui aurait perdu ses balises bleues. Elle a été émue de te savoir si proche de l'Île, de t'entendre en parler, non comme d'un fantasme exotique, mais comme d'un pays habité par des Îliens bien vivants, avançant les yeux parfois mi-clos vers des lendemains qui ne chantaient pas facilement. Elle a ri de te voir casqué et botté sur la mine, pas très à ton avantage non plus à la course au crabe. Elle sait aussi que tu t'inquiètes pour elle, que son choix n'est pas le tien, que tu voulais l'emmener à Paris et qu'elle se demandait comment refuser sans te faire de la peine. Je suis heureuse que tu l'aies entendue, et fière de sa détermination, même si, comme toi, je redoute que ses espoirs se brisent sur la réalité. La Grande Usine n'est pas la panacée et notre or vert n'est pas le sanctuaire éternel que l'on croit. L'accident du grand four sur le mont Nickel a déjà obligé les promoteurs à réduire la production et les programmes d'embauche ont été retardés. Mais je me reconnais dans ma fille. Et elle m'a dit qu'avec toi, elle avait grandi.

Moi, j'ai fait ma vie ici, rencontré mon mari qui dirigeait alors le petit hôtel où je m'étais réfugiée en arrivant à la Capitale. Il est Îlien aussi. Sa grand-mère venait d'Hanoï. Autrefois, elle cuisinait pour les engagés comme elle qui poussaient sur les pentes du mont Nickel les wagonnets de minerai. Son grand-père était un vieux de l'Archipel de la Loi. Il vendait son poisson sur la plage de la Grotte. Mes deux garçons sont au lycée de l'Ascension et nous vivons comme tous les Îliens, inquiets des choix que nous devrons bientôt faire sur notre avenir. Le traité du Nouveau Partage nous protège encore, mais bientôt ce paratonnerre aura disparu. Inquiète? Après toutes ces années de paix, nous sommes plutôt confiants dans le chemin qu'avec Paris, l'Île pourra se frayer. Je suis Îlienne, mes pères étaient des amis du Chef, mais j'ai choisi mon camp. Mon mari aussi. Aux prochaines élections législatives, il va être investi par le parti de l'Île dans la République.

Mais toi, me confia-t-elle enfin, tu es presque d'ici, tu sais bien que trente ans, c'est long et que, pour la moitié des Îliens, pour Marie aussi, le Chef et le Leader ne sont plus que des images sépia pour livres d'histoire, lointaines et désincarnées. Nous devons prendre la suite. Et pour te dire la vérité, je ne sais pas encore où nous allons.

Le Leader avait eu les mêmes mots, autrefois.

Cette fois, Léonce n'est pas à l'aéroport. Il est mort il y a quelques années. Sa femme aussi, qui me gâtait chaque matin avec les fleurs cueillies dans les massifs de la Résidence.

J'irai donc tout seul avaler mon tartare place des Vosges et je te promets, Léonce, de boire à nos missions le verre de chiroubles que nous ne trouvions pas chez Madame Manu. Je te raconterai toute l'histoire. Et je n'y changerai rien, surtout pas les détails, même quand la vérité ne m'arrange pas.

TABLE DES MATIÈRES

**Découvrez les autres ouvrages
de notre catalogue !**

http://www.editions-humanis.com

Luc Deborde

Éditions Humanis

BP 32059 – 98 897 Nouméa

Nouvelle-Calédonie

Mail : luc@editions-humanis.com